중생이 앓으니
　　　나도
　　함께 앓는다

醫道

중생이 앓으니
나도
함께 앓는다

醫道 2

꽃 피는 救療神話

醫道 2
꽃 피는 救療神話

ⓒ인산가, 2006

첫판 1쇄 펴낸날 · 2006년 5월 20일

지은이 · 김수정
펴낸이 · 김윤세
펴낸곳 · 인산가

등록 · 1988년 7월 2일(제1-758호)
주소 · 서울 특별시 종로구 관훈동 197-28 백상빌딩 102호(110-300)
전화 · 02)736-9585   팩스 · 02)737-9800
함양본사주소 · 경남 함양군 수동면 화산리 1250-17
전화 · 055)963-9991~5   팩스 · 055)963-9990

ISBN · 89-952861-3-X 04810
ISBN · 89-952861-1-3 (전3권)

이 책의 저작권 및 판권은 주식회사 인산가에 있습니다.
신 저작권법에 의해 보호를 받는 저작물이므로 무단전재나 복제를 금합니다.

작가의 말

 여기 서양의학과 중국 한의학의 틈새에 아주 불편한 모습으로 자리에 앉은 한 노인이 있다. 장소는 우리나라지만 언어소통도 전혀 되지 않는 아주 먼 나라의 이방인처럼 앉은 노인. 그의 침묵은 고요한 외침이다. 그래서 저자는 잠시만이라도 그와의 대화 속으로 여러분을 초대하고자 한다. 더불어 우리 역사와 우리 것을 되돌아보는 만남이 되었으면 한다.
 이것은 한 평생을 처절하리만큼 우리 것을 사랑한 어느 특이한 노인에 관한 이야기다.

 화타와 편작이 중국인을 위한 의술을 펼쳤다면 한국 사람은 한국인에게 맞는 처방을 해야 한다는 것이 인산 선생의 지론이다.
 우리 하늘의 기운과 땅의 음식으로 병을 다스려야 한다는 이야기는 결코 국수주의나 배타주의에서 비롯된 것은 아니다. 오히려 이 땅에서 외면당하여 쓸쓸한 삶을 살다간 그는 "다시는 이 세상에 태어나고 싶지 않다"는 말을 남겼다.
 어려서는 귀신들렸다 놀림 받고, 자라서는 쫓겨 다니고, 고문당하며, 천대받고, 빈곤에 허덕이며, 죽을 고비를 넘기고, 시기함과 냉대에 상처받고 은거하고……. 그런 와중에도 우리 땅에 대한 사랑은 놓지 않은 그가 인산 선생이다.
 한반도 땅덩이는 인산 선생의 전부였다.
 그토록 처절하게 이 땅을 사랑했으면서도 너무나 고통스러워 다시는 태어나고 싶지 않다고 말한 외로운 노인. 그 상처를 독자 여러분의 따듯한 입김으로 불어주기를 바란다.

 김학림 저서 〈神醫 김일훈〉이 인산 선생의 일대기를 그대로 묘사한 소설이라면 이 책은 인산 선생을 주연으로, 그리고 몇 명의 캐릭터와 사건은 실화에 근거해서 저자의 상상력으로 빚어낸 소설이다.
 이 점에 대해 이미 인산 선생을 알고 계신 독자들, 혹은 처음 접하는 독자 여러분들의 오해가 없었으면 한다.

이 글을 허락해 주신 모든 분들께 진심어린 감사를 드리며.
2006년 4월 김수정

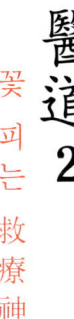
醫道 2
꽃 피는 救療神話

작가의 말	5
제1장	15
제2장	61
제3장	119
제4장	167
제5장	197

등장인물

인산 김일훈

태어날 때부터 세상의 이치를 깨달은 탓에 어려서는 귀신들린 아이라 불린 비운의 주인공.
자라서는 신의(神醫)로서 각 사람의 병의 원인과 치료법을 보게 되어
불특정 다수의 환자들의 병을 고친다.
16세 때는 독립투사의 신분으로, 광복직전까지 도망 다니며 인술을 베풀며,
광복이후에는 한의학과 서양의학의 장점을 살려
국민건강에 이바지 하고자 하나 정부와 의학계의 냉대로 무시당한다.
노년에는 함양으로 낙향하여 숨을 거두는 날까지 수많은 환자들의 아픔을 만져준 사람.

『醫道』

17세 나이에 스무 살 넘게 차이가 나는 인산의 아내가 된다.
4명의 자녀를 두었으나 서른 살 나이에 숨을 거둔다. 단아한 인상에 몸가짐도 단정한 영옥은
성품 또한 유순하여 인산이 전국을 떠돌며 인술을 베풀 때 말없이 지켜보기만 한다.
인산의 생애 중 유일하게 사랑했던 여인이다.

장영옥

범현

인산의 어릴 적 둘도 없는 친구였으나 의학을 공부하던 중 인산에게 열등감과 경쟁심을 품게 된다.
전형적인 부잣집 아들로 고생을 모르고 자란 외아들.
인물이 수려하고 점잖지만 자신의 꿈을 이루기 위해서는 사랑하는 여인도 버리는 캐릭터.
서양의학을 배우러 미국행을 결심하던 중 집안일을 거들던 다례와 야반도주하여 인산에게 찾아가나
인산은 그에게 돌아가라 권유한다. 이 일로 그는 인산에게 섭섭한 마음을 갖게 되나
그가 사람을 살리는 것을 목도 한 후 다시 의학의 길에 정진하리라 마음먹고 미국으로 향한다.
한국 전쟁 때 부산 육군 병원에 근무하며 인산과 다시 만나게 된다. 그러나 옛우정은 온데간데없이
그를 무시하고 냉대하지만 오히려 범현이 그 앞에 굴복하는 일이 벌어진다.

인산이 독립운동을 하러 가던 중 우연히 만난 사람.
실제 나이보다 열 살은 많아 보이지만 노년에는 오히려 젊어 보인다는 평을 듣고 행복해 하는 사람.
27세때 그를 만난다. 주위가 산만하고 말이 앞서는 사람이나 인산에 대한 애정은 각별하다.
노다지를 캐러 간다던 그가 탄광촌에서 막일을 하던 중 삼년이 지나 인산을 다시 만나게 된다.
탄광촌에서 폐병으로 죽어가던 사람들을 부지기수로 고치는 것을 목격한 이후 인산과 가까워진다.

안씨

이문도

진맥을 잘 잡는 명의로 정이 많은 사람.
성품이 곧고 적당한 동정심과 학문에 대한 열정이 가득한 사람이다.
전형적인 선비의 얼굴이고 항상 웃는 얼굴이다.
인산이 도주를 하던 시절 한 마을에서 의원을 하던 젊은 사람으로 인산을 미치광이 도둑으로 오인한다.
인산의 기이한 치료법에 충격을 받고 인산보다 두 살이 많음에도 그와 친구가 되고자 한다.
눈 먼 노모를 인산이 쑥뜸으로 고치자 그가 주도하는 의학에 매료를 느껴 함께 공부한다.
한국전쟁이 일어 날 것이라는 인산의 말을 믿고 부산으로 내려가 인산과 함께 한의원을 차린다.

몰락한 양반의 가문을 이은 가난한 농가의 여식으로 범현의 집안에서 잡일을 거든다.
커다란 눈이 항상 겁에 질린 모습이고 작고 여려 보여 보는 사람으로 하여금 보호심리를 자극한다.
범현은 다례에게 각별한 애정을 느끼고 다례 역시 범현을 사모한다.
집안의 반대로 17세에 범현과 함께 충동적인 야반도주를 하게 되고 몇 개월을 행복하게
지내지만 범현은 말없이 떠나 버린다. 그러한 사실에 목을 매었을 때
인산이 다례를 살리고 얼마가 지나 인산을 흠모한다.
이러한 과거 탓에 남편에게 학대당하고 직업소개소를 통해 위안부에서 온갖 고초를 겪은 후
광복을 맞는다. 피난 중 부산에서 한의원을 운영하던 인산과 만나게 되나
부인병이 수치스러워 맨발로 도망을 친다. 그녀 평생의 사랑은 오직 인산뿐이다.

다례

가회

인산과 8세 때 만난 동갑내기 소녀다. 친일파로 집안에는 쌀이 넘쳐나도록 고생을 모르는,
그러나 조실부모한 외톨이다. 그런 가회에게 찾아오는 김면섭 의원과 함께 동행 하는 인산은
그녀의 유일한 친구가 되고 인산을 마음에 둔다.
그러던 어느 날 인산이 친구들과 함께 독립군이 되어 조국을 떠난 사실을 알고 가슴앓이를 한다.
이후 이화 여학당에서 신여성으로 변신하며 할머니와 잦은 충돌을 빚는다.
그러던 중 약혼자 현섭과 함께 평북으로 향하던 중 우연히 인산을 만나
반가움에 울음을 터뜨리지만 인산은 가회를 기억하지 못한다.
도회적이고 세련된 미모로 우연히 마주친 다례가 동경하는 여성상이다.
그러나 광복과 전쟁 중에 불행을 겪게 되고 중년에는 알코올 중독자의 모습으로 다시 인산의 앞에 선다.

인산의 차남으로 기자 생활을 하다 죽염의 대중화를 위해 함양으로 젊은 나이에 낙향한다.
죽어가던 사람을 살리는 아버지의 모습을 존경심으로 바라보지만
그에 못지않은 굴욕과 수모를 당하는 모습에 가슴 아파 한다.

김윤세

제 1 장

    인산은 말려 놓은 약쑥 앞에 앉아 가만히 들여다보았다.
    "요게 묵을수록 황금색이 되는구나."
    그는 그것을 가만히 들어 코앞에 댔다. 그리고 눈을 지그시 감고 향기를 맡아보았다.
    "향도 훨씬 약해. 훨씬."
    이번에는 말려 놓은 지 일 년이 된 쑥을 들어 가만히 쳐다보았다. 그리고는 손끝으로 그것을 잘게 부수었다. 그리고 손바닥에 그것을 털어 올려놓고 이 년이 된 약쑥 앞에 놓았다. 마찬가지로 그것을 비벼 보았다. 솜털처럼, 얇은 실타래처럼 쑥은 부드러운 가루가 되어 허공에 일어났다.
    그는 묵묵히 그것을 담아 동그랗게 말아보았다.
    "역시 삼 년이 최고다."

온 집안에 탕약 냄새가 진동을 했지만 누구하나 얼굴 찌푸리는 사람은 없었다. 러시아 속의 또 다른 조선의 기운을 느끼게 해주었기 때문이다.

송 선생이 누워있는 이층에서도 탕약 냄새는 풍겨났다. 송 선생은 인산이 책을 읽어주는 것을 들으며 잠이 들었다.

인산은 아래층에 내려와 부엌으로 들어섰다. 혜무는 탕약 그릇에 끓인 물을 붓고 있었다.

"안됩니다."

인산이 큰 소리로 외쳤지만 혜무는 이미 물을 따라버린 후였다. 놀란 혜무는 눈이 동그랗게 되어서 인산을 바라보았다.

"왜 그러니?"

인산은 서둘러 탕약 앞에 앉았다. 그리고는 이내 한숨을 쉬더니 탕약을 들어 하수도에 버렸다.

"아니, 을룡아. 내가 무엇을 잘못한 거니? 응?"

혜무가 당황하며 물었다.

"예, 잘못하셨소. 하지만 내 잘못도 크오."

"나는 약이 너무 졸았기에 물을 조금 더 넣은 것인데."

"이모님. 약 달일 적에 물이 모자라면 더 붓는 일이 있습니다. 그러면 약성은 떨어집니다. 못 쓰게 되는 것이오."

"그런데 난 끓인 물을 넣었다."

"끓인 물도 마찬가지입니다. 같은 중량이면 한 쪽은 쓸 수 없소. 찬물이면 완전히 맹물만 못하게 되는 것이고요."

"어째서 그러냐. 같은 물인데. 그 물로 끓인 것인데."

"이모님 그건 산에서 돌멩이들이 굴러오다 마주치면 한 쪽이 박살나는 것과 같은 이치입니다. 그러니까 빠른 속도로 달리는 기차랑 부딪히는 것과 같은 것이오. 그러니 같은 온도로 맞춰서 부었다 하더라도 그 충격이 있소. 먼저 끓고 있는 것은 튼튼한 것이고 나중에 들어온 것은 약한 것이오."

"어쩌면 좋으니. 아까워서. 내 미련한 짓으로 선생님 귀한 약을 버리게 되었구나."

"비싼 만큼 이모님은 한 수 배웠으니 염려 마시오."

인산도 미안한 듯 고개를 끄덕였다.

"내 아주 비싼 학비를 내었다. 그런데 을룡아. 너는 아무리 네 할아버님이 의원이셨다 하지만 너무나도 깊은 이야기를 하는구나. 나는 그게 너무나 신기하다. 어찌 그리 잘 아니?"

인산은 그저 가만히 웃기만 하며 약재를 다시 다리기 시작했다.

"마침 잘됐소. 선생님이 주무시는데 사실 탕약 때문에 깨우는 것이 싫기도 했소. 쉬는 것도 중요하니까요."

"미안하다."

혜무가 다시 한 번 기어들어가는 목소리로 중얼거렸다.

늦은 밤 인산은 러시아어에 능통한 사람에게 도움을 청했다. 다름 아닌 러시아 의학 서적을 읽어 보기 위해서였다.

"암이라……암."

조석재는 두꺼운 책을 펄럭이며 검지로 소제목을 일자로 죽 그어 대며 내려갔다. 그는 러시아의 조선족으로 이곳의 지리를 독립군들에게 안내하기도 하고 낮에는 시장에서 행상을 하며 한국인을 상대로 글을 가르쳤다.

"여기 있네. 암."

"찾아 읽어 주시오."

인산이 재촉하자 그는 급히 페이지를 찾아 읽었다.

"위에 관한 것은 12세기에 러시아 황제가 위암에 걸렸는데 시베리아 지역에서 나는 버섯을 끓여 먹고 나았다는 이야기야."

"시베리아의 버섯이라."

인산이 중얼거렸다.

"그런데 조선 것을 최고로 아는 자네가 웬일로 이 땅에서 나는 것에 관심을 두나."

조석재가 묻자 인산이 그를 바라보았다.

"이곳의 채소를 보니 조선 것과는 달리 무척이나 컸소. 그럼에도 질기지 않고 부드러운 것이 분명 이 땅도 토질이 좋다는 뜻이오. 하지만 마늘을 보니 그것은 역시 조선 것 만 못하오. 계속 읽어 주시오."

인산이 시선을 책에 두자 조석재는 다시 읽어 내려갔다. 그가 읽는 동안에 인산은 한편으로 다른 생각에 잠겼다. 얼마를 지낼지는 모르겠지만 자기 또한 러시아 어를 배워야겠다는 결심이었다.

"나한테도 가르쳐주시오."

"뭘 말인가?"

"그 러시아 말 말이오."

"러시아 말?"

"그렇소."

"그러지. 그거야 뭐 어려운 일이 아니니까."

"시베리아 벌판을 헤매는 것 보다는 분명 쉬운 일일게요. 게다가 다행스럽게도 나는 머리가 좋소."

인산의 말에 조석재는 호탕하게 웃었다.

보름 후.

문 앞에는 조선에서 온 또 다른 사람이 문을 두드렸다. 혜무는 문을 활짝 열어주었다.

"조선에서 시장 봐왔소!"

그가 모자를 벗으며 어깨 위의 눈을 털어냈다.

■   ■   ■

 인산이 계란 흰자위와 그가 직접 만든 죽염으로 약재를 만들 때 사람들은 반신반의 했다. 그들은 인산이 부지런히 약재를 만드는 모습을 보며 수군거렸다.
 "도대체 계란 흰자 기름과 세 번 구운 소금으로 다스린다는 건 처음 보네. 저건 대체 어디서 나온 화제인지 모르겠어."
 "뭔들 아나?"
 그 때 곰서방이 말을 참견했다.
 "저게 지을룡 선생이 개발한 약인데 위에 붙은 담을 뜯어내는 거라 하더이다. 구역질을 하게 만들어서 그것을 긁어낸다고 들었소."
 "거참 희한하네. 계란 흰자위에서 어떻게 기름이 나온다는 거지? 그리고 마늘이나 생강은 거기서 거기 아니야? 왜 우리나라 것을 고집하는지 모르겠어. 왔다갔다 시간만 오래 걸리지."
 "중국산 인삼 한 뿌리가 우리나라 마늘 한쪽만 못하다 하더이다. 다 그럴 만한 이유가 있어서 지 선생이 고집하는 것이니 잠자코 있으시오."
 부엌에서 혜무는 인산이 하는 것을 가만히 지켜보다 입을 열었다.
 "을룡아."
 "예."
 "그건 대체 무어냐?"

 "나는 요놈의 이름을 난반이라고 지었소."

"난반?"

"예. 계란의 난과 요 명반의 이름에서 반자를 따서 만든 이름이오. 이 난반은 음양오행에 따라 다섯 가지 색깔이 나오는데 내가 쓴 것 중에서는 녹색 빛이 나는 난반과 요 하얀 백색을 쓰오."

"그럼 이걸 네가 만들었다는 거니?"

"천연합성으로 만든 약이지요. 순수 자연의 재료에서 그 약성만 이용하여 만든 것으로 그야말로 신약(神藥)이오."

"그걸 쓰면 어떻게 되니?"

"구토하게 되지요. 위에 쌓여있는 담들, 그러니까 병균이 요 안에 싹 잡혀 토악질을 하게 만듭니다. 고놈들은 위에 둥둥 떠다니는 것이 아니라 아예 살처럼 위에 붙어 있소."

"그럼 선생님한테 오히려 좋지 않을 수 있잖니. 구토를 하면 아주 진이 빠질 텐데."

"그러니 그간 보를 해 둔 거요. 그리고 그렇게 진이 빠지면 당연히 잠이 오게 되니 푹 쉬게 되오."

"나한테 알려줘도 소용이 없을 거다. 소귀에 경 읽기지 무엇이겠니."

"하하. 내가 하는 건 누구나 따라할 수 있는 거요. 그냥 부엌에서 약을 만들 수 있다는 거요. 그러니 잘만 따라하면 집집마다 부엌에 의원이 있는 거요."

그가 다시 난반을 만들자 혜무는 한 걸음 물러서서 그것을 지켜보았다. 무쇠 솥에 명반을 넣고 이틀간 가열을 하니 그것은 하얀 눈가루 모양이 되었다 그는 조심스레 그것을 뒤집어 마저 익혔다. 그리고 그것이 식자 그는 부지런히 갈아댔다. 솥에는 아직 채 가라앉지 않은 따듯한 열기가 뿜어져 나왔다. 혜무는 쪼그리고 앉아 인산이 하는 것을 자세히 들여다봤다.

"이모님 커다란 반죽통 있소?"

"응, 꺼내주마."

그 사이 인산은 계란을 수북이 가져와 흰자위와 노른자를 분리했다.

"그 양은 어찌 맞추니?"

"보통 고기 한 근 정도가 요 고백반 가루라면 계란은 열세 개 정도로 하오."

혜무는 그것은 또 어찌 알았을까 하는 표정으로 인산을 바라보았다. 인산은 능숙한 솜씨로 그것을 고백반과 섞어 반죽을 하기 시작했다. 그리고는 산 모양처럼 위를 볼록하게 세워 올렸다.

"됐니?"

"이제 대나무에 소금을 넣어 소나무로 구워야 하오. 하지만 우리 나라 소나무는 구할 수 없으니 이 러시아 잣나무로 구우면 되오. 요 대나무가 타 들어가면 다 된 것이오. 또 다 되었다 해도 다섯 시간은 가지요. 그 다음에 요놈을 다시 갈면 되오. 아주 미세하게 이렇게 만든 약소금과 난반을 섞으면 참으로 신비한 약이 되는 거지요."

인산은 이마의 땀을 닦으며 또다시 부지런하게 움직였다. 그리고 며칠 전에 누룩으로 담근 막걸리를 꺼내어 왔다.

"다 됐다……"

인산은 난반이 완성되자 송 선생에게 가져갔다. 그리고 저녁 공복 상태에 난반을 막걸리에 타서 먹었다. 처음에는 오랜만에 마시는 막걸리 맛에 입맛까지 다셨지만 그것이 사흘째 접어들자 속이 울렁거려 손 사레를 치기도 했다.
 "선생님 저를 믿고 딱 일주일만 버텨주십시오. 예?"
 인산의 말에 송 선생은 그를 가만히 바라보았다. 인산의 눈은 애가 탄 나머지 눈물까지 글썽거리고 있었다.
 -이 아이는 정말로 나를 살리려고 하는구나.
 "그래, 그렇게 하마. 이리 다오."
 그가 손짓을 했다.
 육일 째가 되자 그는 난반을 다섯 숟가락이나 떠 먹었다.
 "오늘이 마지막입니다. 이제 구역질이 나면서 구토가 올라올 텐데 죄다 게워 내야 합니다."
 잠시 후 송 선생은 입을 틀어막았다.
 "뱉어야 합니다."
 인산이 커다란 그릇을 선생의 앞에 받쳤다.
 "으어억!"
 미끄덩거리는 담이 튀어나왔다. 그것을 본 혜무는 눈이 휘둥그레졌다. 설마 했는데 인산의 말대로 그것이 튀어 나온 것이다. 그리고 그 구토는 계속 되었다. 연거푸 토해내는 고통에 송 선생은 기력이 다 빠져 버렸다. 사람들은 송 선생의 반응에 반신반의하며 말려야 한다는 사람들과 인산을 믿자는 사람들로 나뉘었다.
 하지만 두 달이 지나자 송 선생의 혈색은 좋아졌고 음식도 잘 먹기 시작했다.

"허, 그것 참 정말 별일이야. 저 아이가 부대에 있을 때부터 수많은 사람들을 고쳤다고는 했지만 이렇게 내가 두 눈으로 보게 되다니. 정말 저 아이는 대체 어디서 온 아이란 말이야?"

"그러게 내가 잠자코 지켜보기만 하라고 했잖아. 내 숨이 떨어지게 생겼을 때 살렸다니까."

그 효험을 지켜본 사람들은 아예 그것을 자기에 담아 약품 보관함 한 쪽에 모셔놓기로 했다.

송 선생이 완쾌되자 인산은 독립군과 의료인, 그리고 농부의 삶을 살기 시작했다. 전투를 준비할 때는 훌륭한 병법으로, 몸이 아픈 사람들에게는 그 존재 자체만으로도 안심을 시키는 보호자였다. 그런 그가 유일하게 자신의 시간 속에 묻히는 것은 차가운 바람 속에서 맨발로 그 땅을 밟고 있을 때였다. 그는 러시아의 농부들 틈에 끼어서 더듬거리며 그들에게 이야기를 붙였고 그들은 인산이 알아듣게 천천히 이야기를 해주었다.

"저, 저 확실히 괴물일세. 괴물이야."

그것을 멀리서 바라보던 조석재가 고개를 흔들어 대며 중얼거렸다.

"뭐가요?"

혜무가 물었다.

"보통의 사람은 일 년이나 되어야 겨우 알아듣는데 저 봐. 석 달 됐는데 저렇게 떠들어대고 있잖아. 저게 어디 사람인가?"

혜무는 그 말에 가만히 웃었다.

"사실 저런 아이는 없지요."

"그러니 괴물이라는 말이야."

"그러니 변대장님도 을룡이라면 껌뻑이지요."

"어디 변대장님 뿐인가. 을룡이 온 다음부터는 죄다 엄살이 심해진 것처럼 여기저기 아픈 곳을 보이니. 하하하. 괴물이긴 해도 복덩이다. 하하하"

그 때 인산이 광주리에 감자를 한 아름 지고 다가왔다.

"거 참 여기 감자는 대책 없이 크오."

"그런데 네 건 작구나."

혜무가 받아들며 고개를 갸웃했다.

"큰 건 퍼석퍼석해서 맛도 없소. 나는 촘촘하게 심어 더 자랄 수 없게 만들었지요."

"그래서 사람들이 네 것에 몰려들었구나."

"그리고 난 우리나라 사람들이 하는 것처럼 싹을 심었소. 저들이 내가 그렇게 하는 것을 보더니 내 것은 싹도 나기 틀렸다고 했소. 그런데 이렇게 감자가 나왔소. 하하."

"그런데 무슨 말을 해줬기에 저 사람들이 저리 박장대소하며 웃나."

조석재가 물었다.

"추수할 때가 기대된다 했소. 이 사람들은 얼음 위에서 타작을 한다 하니 돌이 섞일 염려 없어 좋겠다는 말을 하고 왔소."

"하하하. 그건 그렇다."

인산은 근 이년을 러시아에서 농사일을 하며 토질에 관해 연구를 하는 시간을 가졌다.

"땅이 그렇게 좋은데 그 나라 사람들은 무기나 만드는데 정신이

나갔지 뭐야. 참 아깝다는 생각이 들었었어. 그 좋은 땅을 그렇게 만들고."

훗날 인산이 러시아를 두고 한 말이다.

인산의 의술은 입소문으로 나 조선인들이 살고 있는 마을에서 인산을 찾아 들기 시작했다. 가벼운 병부터 들것에 실려 입만 벙긋하는 사람들까지 그 행렬은 계속 이어졌다. 침을 놓는 간단한 치료에 대한 것은 문제가 없었다. 하지만 약재가 필요할 때마다 그는 난감한 표정을 지었다.

"나는 이가 아파 죽겠소. 기분 같아서는 그냥 아예 이를 모두 뽑아 버리고 싶은 기분이야. 이 고름 때문에 음식을 먹을 수도 없고……."

고름 때문에 악취가 나는 입을 틀어막으며 울먹거리는 50대 남자는 갑자기 서러운 듯 손바닥으로 눈을 훔쳐냈다.

인산 역시 코끝이 시큰해졌다. 유독 이 사람만을 위해 슬퍼하는 것이 아니었다. 인산은 고국을 떠나 낯선 객지에서 몸이 아파 신음을 하는 사람들을 대할 때마다 목이 메여 가만히 그들의 손만 잡고 있기도 했다.

"어디 입을 벌려 보시오."

"냄새가 심할 텐데……."

"그러니 보자는 겁니다."

그는 망설이다 입을 벌렸다. 인산은 심각한 표정으로 자세히 들여다보았다.

-완전히 광대뼈 안까지 타고 들어가는 중이다. 고름을 빼내려면 불이 필요한데…….

인산은 팔깍지를 끼고 잠시 생각에 잠겼다. 그의 표정에 환자는 긴장한 모습으로 한 뼘을 감쌌다.

"고치기 힘드오?"

"아닙니다."

-그래 분명히 나을 수 있다. 지독한 불기운. 그것으로 염증을 밀어내면 그만이다. 그렇다면 쑥이 필요한데 이곳은 우리나라만큼 강한 힘을 가진 쑥은 없다. 여기가 조선이라면 얼마나 좋을까.

인산을 가만히 바라보던 곰서방은 입을 씰룩거리며 그에게 입을 열었다.

"또 조선에서 장을 봐야 하오?"

"조선의 약쑥이 필요하오."

"그럼 그것이 올 때까지 이러고 있어야 하나요?"

그가 이를 감싸며 울상을 지었다. 인산은 일어나서 대나무 한마디에 담긴 죽염을 꺼내어 들었다. 그리고는 쇠젓가락으로 그것을 달군 후 아픈 부위의 이에 조심스레 대었다.

"됐소. 이런 방법으로 하면 되는데 데이지 않게 조심하시오. 확실히 효과가 날 테니. 그리고."

그가 다시 자리에서 일어났다.

"요 대나무 통 안에 구운 소금이 있소. 그걸 염증 부위에 물고 있으시오. 그리고 그것이 녹거든 삼켜도 좋소. 지겨울 정도로 자주해야 하오."

그는 고개를 끄덕이며 대나무 통을 감싸 안았다.

"그런데 정말 조선의 것만을 고집해야 할 이유가 있는 것이니?"

저녁 식사 중 혜무가 인산에게 물었다.

"있소. 반드시 있소. 얼마 전 이곳에서 실험을 한 적이 있습니다. 그런데 확실히 다르오."

인산은 마늘을 꺼내어 보였다.

"보시오. 이것은 중국에서 나는 마늘이오. 그리고 이것은."

그가 조선에서 가지고 온 마늘을 꺼내 들며 식탁 위에 놓았다.

"그래."

인산은 두 마늘을 으깨었다.

"어느 것이 조선의 것일 것 같소?"

"글쎄다."

"즙에 끈기가 있고 이렇게 풀처럼 강력하게 붙는 것이 조선의 것입니다. 이것이 마늘의 효능입니다."

혜무는 인산의 엄지와 검지를 바라보았다.

"이런 것은 물건을 붙일 수 있을 만큼 효과가 뛰어납니다. 하지만 이것을 보시오. 이건 아니지요."

혜무가 중국산 마늘을 손가락으로 눌러보았다. 미끄덩하니 손가락을 놀리자 금세 수분이 날아가 버렸다.

"정말 다르구나. 그래서 조선 것을 써야 한다는 말이구나."

"요놈이 사람 몸속에 들어온 독을 분해하는 성질이 있소. 그런데 그 끈끈함이 미미한 마늘은 그만큼 효과가 떨어진다는 말이지요. 그러니 조선 것을 고집하는 것이 당연하지 않소."

인산이 마늘을 다시 던져 넣었다.
"조선에 가야겠소."

■　　　■　　　■

"가회야. 그 집안에서는 네 사진만 보아도 마음에 들어 아주 죽겠다 한다."
가회의 할머니가 버선발로 마당에 나오다 말고 눈이 휘둥그레졌다.
"아니, 너 머리가 그게 뭐이냐? 새꽁지모냥 그게 뭐이냐?"
"유행이라 하오."
가회는 냉정한 말투로 그대로 방안에 들어가 버렸다. 할머니는 멍한 시선으로 그녀의 뒷모습을 바라보더니 이내 따라 들어갔다.
"얘."
가회는 옷을 갈아입다 말고 신경질적인 표정이 되어서 돌아보았다.
"할마이. 제발 기척이나 하고 문을 여시오."
"그래, 그래. 하지만 그 머리 꼴은 무어냐?"
"오후에 학당 동창들과 머리를 하러 간다 말했지 않소."
"아이고. 그렇다고 해서 그렇게 새꽁지처럼 썅뚱 자를 줄 알았나! 그 댁에서는 네가 참해 보인다고 좋아하는데 말이다."
"머리가 이런 모양이면 방탕한 처자로 전락이라도 한단 말이오?"
가회가 할머니를 쏘아보았다.
"나는 시집가지 않는다 하지 않았소? 대체 왜 나를 자꾸 괴롭히는 거요?"

"아이고 가회야. 너도 이제 스물 셋이다. 이제 혼사길 알아보는 것은 당연한 것이고 어째 처자의 입에서 혼례를 안 한다는 말이 그리 쉽게 나오는 거이냐? 그게 신여성이냐?"

가회는 치마를 걸어 옷장에 넣으며 화장대 앞에 앉았다.

"그 끝이 돌돌 말린 돼지 꼬리 모양은 대체 무어냐 말이다."

"할마이는 내 머리가 동물농장이라도 되는 줄 아시오? 어째 새 꼬리 돼지꼬리만 떠올리시오?"

가회 할머니는 잠시 입을 다물다가 조심스레 말문을 열었다.

"너 혹시 아직도 김 의원 댁 운룡이 생각하는 거이냐? 살았는지 죽었는지도 모르는 그런 아이가 뭐가 좋다고."

"할마이!"

가회가 거울에서 시선을 떼고 돌아보았다.

"이보라우, 가회야. 그건 어릴 적에 잠깐 지나가는 감정이야."

할머니는 애걸하는 표정이 되어 가회 옆에 바짝 다가와 앉았다.

"이 할마이도 그랬었다. 모르는 게 아니란 말이다. 그리고 그게 진짜라고 치자우. 그럼 운룡이는 어디서 만날 거이냐? 응? 그 아이 떠난 게 벌써 팔 년이다, 팔 년!"

할머니는 쌍가락지를 낀 손가락을 펼쳐 흔들어 보였다. 가회는 그 말에 아랑곳 않고 눈썹을 반달모양으로 그렸다. 그러나 어울리지 않아 이내 지워버렸다. 눈썹연필이 하도 진해 번지는 바람에 가회는 거울속의 자기 모습을 보고 웃어버렸다. 할머니는 그런 가회의 허벅지를 딱 소리 나게 때렸다.

"아야."

"이 에미나이는 할마이 말을 개새끼 방귀 끼는 소리만도 못하게 듣는 거이가?"

할머니가 소리를 버럭 질렀다. 가회는 거울 속에 반사되어진 할머니를 바라보았다.

"나는 내 인생 살 테요."

가회가 다부진 목소리로 할머니를 쳐다보았다.

"뭐이가? 이게 무슨 말이더냐?"

"내가 선택해서 내 인생 내가 헤쳐 나갈 것이란 말이오. 정략결혼, 집안과 집안. 애정 없는 결혼. 난 그런 것에 희생될 생각 추호도 없소!"

순간 할머니는 가회의 뺨을 세차게 때렸다. 가회는 그럴 줄 알았다는 듯이 눈을 굴려 천정을 바라보았다. 그 모습에 더욱 기가 막힌 할머니는 이내 만세라도 하듯 양손을 번쩍 들어 올렸다.

"하이고! 영감! 영감! 이 일을 어더렇게 하라 이리 나를 남겨두고 가셨소! 하이고!"

할머니는 바닥을 치고 통곡을 하다가 별안간 가회를 쳐다보았다. 눈물 한 방울 나오지 않은 할머니의 얼굴에 가회는 웃음이 나올 뻔 했다.

"내래 너를 이렇게 되라 신교육을 받게 했는줄 아느냐? 네 동무들은 모두 이리하더냐?"

"할마이. 동무들이라 다 같은 것이 아니오. 나는 그냥 가회란 말이오. 할마이 손녀 가회가 아니라 하나의 인격체를 가진 사람이란 말이오! 마이 라이프 이즈 마인!"

가회는 카랑카랑한 목소리로 어색한 영어를 하며 할머니를 바라보았다. 할머니는 가회를 멀뚱하니 보다 다시 바닥을 쳤다.
　"아이고! 그놈의 노랑대가리 양년이 우리 가회를 이리 만들었구나야! 아이고!"
　가회는 콧방귀를 끼고 방에서 나갔다.
　"아이고! 내가 저를 이리 되라고 에미 애비 앞세우고 키웠다는 거이냐! 아이고!"
　그러나 가회는 원피스로 갈아입고 새로 산 양산을 들고 나가버렸다.
　이 영감네는 인산이 만주로 떠난 지 일 년 후에 경성으로 이사를 갔다. 가회는 그 순간에도 가지 않겠노라고 고집을 피우다 할아버지에게 야단까지 들었다. 차에서 내내 울음을 삼키며 멀어져가는 고향집을 바라보았다. 그리고 이사 간 집에서 그 해에는 할아버지가, 그 이듬해는 가회의 아버지가 세상을 떠났다. 할머니는 할아버지가 돌아가시고 난 후에는 올 것이 왔다는 듯 경성과 평북을 오가며 채무자들의 땅문서 집문서 고리대금 등 닥치는 대로 사람들을 닦달하며 받아 챙겼다. 배를 곯는 아이를 위해 한 달만 봐달라는 사람들에게 상욕을 하던 할머니가 소름끼쳤다. 더욱이 이듬해 가회의 아버지가 세상을 떠났을 때 오히려 홀가분한 표정의 할머니에게 만정이 떨어졌다. 풍수지리를 탓하던 할머니는 살던 집을 팔고 안국동에 큰 집을 사 두 명의 종까지 부리며 더욱 호사스럽게 살았다.
　차라리 결혼이라도 하면 할머니의 그런 면은 보지 않으니 다행일 것이다. 하지만 그것 때문에 도망치듯 결혼 하는 것은 더 싫다. 학당 선생이었던 미세스 카렌의 말대로 그러한 것은 미련한 짓이다. 가회는 새삼 그녀에게 감사한 마음을 가졌다.

-사람에게는 자유를 누릴 권리가 있어요. 누구든 타인을 간섭하거나 지배하려는 것은 악한 일입니다. 일본은 그런 면에서 상당히 나쁩니다. 또한 사람의 자유에는 사랑을 할 수 있는 권리도 있습니다. 나는 조선에 와서 생판 본 적도 없는 사람과 첫날밤을 보낸다는 이야기를 듣고 깜짝 놀랐습니다. 성경에서도 그렇게 만난 커플은 아담과 하와밖에 없어요. 모두들 반하고 사랑하고 그리고 결혼을 했습니다.

미세스 카렌의 말에 여학생들은 얼굴을 붉히며 서로의 눈치를 보았다.

"어떻게 목사 부인이라는 사람이 그렇게 개방적인 말을 할 수 있을까?"

그녀의 친구들이 학당 등나무에 동그랗게 모여 속닥거렸다.

하지만 그녀는 곧장 여학생들 사이에서 가장 인기 있는 교사가 되었다. 그녀는 홍차 마시는 법과 양식을 먹는 법을 시작하여 옷 입는 맵시에서 남성을 대하는 법까지 알려주는 자상한 이모 같은 여성이었다.

미세스 카렌은 이년 전 본국으로 돌아갔다. 아이를 낳기 위해서였다.

거리를 걷는 가회의 모습을 보고 남성들은 힐끔힐끔 쳐다보다가 그녀가 지나가면 넋이 나간 듯 입을 벌리고 바라보았다. 가회는 그 시선이 그리 싫지는 않은 듯 콧방귀를 끼며 입 끝을 끌어 올려 웃었다.

그녀는 양산을 뱅글뱅글 돌리며 하늘을 쳐다보았다. 해를 보니 그다지 양산이 필요한 날씨는 아니다. 가회는 양산을 접어 돌돌 말았다.

"어머나."

가회는 깜짝 놀라 우뚝 서버렸다. 접혀진 양산 아래 한 젊은 여자가 웅크린 채 쓰러져 있었다. 그녀는 한걸음 물러서서 주위를 둘러보았다. 힐끔힐끔 쳐다보는 사람들은 있었지만 아무도 다가오지는 않았다. 가회는 여자의 얼굴을 보았다. 가까이서 보니 멍이 들어있었고 입술도 터져 있었다. 그러나 그 멍은 며칠 지난 멍처럼 푸른 끼가 돌고 있었다. 그 모습에 가회는 여자 앞에 쪼그리고 앉아 어깨를 가만히 흔들었다.

"보시오."

여자가 눈을 움찔하며 떴다. 까만 눈동자가 무척이나 겁에 질린 듯했다.

"어디가 아프오? 누가 이리 한 거요?"

가회는 손가방에서 하얀 손수건을 꺼내어 입술에 가만히 대주었다. 여자는 그것조차 아픈지 눈을 질끈 감았다.

"집이 어디요?"

여자가 고개를 필사적으로 흔들었다. 모른다는 의미가 아니라 말하면 큰일이라도 난다는 표정이다. 저만치 여자의 낡은 고무신 한 짝이 보였다. 가회는 그것을 주워들었다.

"이게 대체 무슨 일이오. 우리 집이라도 갑시다."

가회가 고무신을 신기고 여자를 일으켜 세우려 했을 때 저만치서 사내 하나가 달려왔다.

"이 화냥년이 여기서 지랄하고 있네!"
 그 목소리에 여자는 벌떡 일어나 가회의 뒤로 숨어버렸다. 가회는 양팔로 길을 막았다.
 "뭐하는 짓이오?"
 가회가 사내에게 소리쳤다.
 "넌 뭐야?"
 "이런 짓은 미개한 인간이나 하는 짓이오!"
 가회의 말에 남자가 콧방귀를 꼈다.
 "아가씨는 좀 빠지시게. 이년이 내 마누라요."
 "그렇게 못하겠소!"
 지나가던 사람들은 하나 둘 그들의 주변에 섰다.
 "너도 맞을 테냐?"
 그가 손을 번쩍 들자 가회는 오히려 한 걸음 다가왔다.
 "나한테 손 하나 까딱하면 그대로 감옥에 갈 줄 아시오."
 "허, 요것 봐라. 니가 뭔데?"
 그가 손을 내리며 코웃음을 쳤다.
 "그러지 마시라요. 이 분은 아무 것도 모르지 않소……"
 가회 뒤의 여인이 기어들어가는 목소리로 한걸음 움직였다.
 "가만히 있어요."
 가회가 여자를 다시 막아섰다.
 "시끄러워! 내 마누라 내가 때리던 죽이던 네가 무슨 상관이야?"
 그가 빠르게 다가와 여자의 머리채를 휘어잡았다.
 "아악!"

순식간에 여자가 휘청거리며 끌려가자 가회는 입을 악다물고 양산으로 남자를 내려쳤다. 양산은 휘어졌지만 가회는 계속 매질을 했다. 남자는 눈을 깜빡깜빡 거리며 양산을 피했지만 여자의 머리를 움켜쥔 손은 놓지 않았다.

"그 손 놓으란 말이야!"

사람들은 눈이 휘둥그레져 그들을 쳐다보기도 하고 어떤 이는 입을 막고 웃어댔다.

"보시오! 당신들은 당신들 누이나 딸이 이리 맞는다 해도 그리 보고 있겠소?"

가회가 소리쳤다. 그러나 사람들은 슬금슬금 피하며 갈 길을 갔다.

"이년은 맞아 죽어도 되는 년이야!"

"옛날 같으면 벌써 사약 먹고 죽었을 줄 알아! 이리와!"

여자는 가회를 바라보며 도살장 소처럼 큰 망울에 눈물이 가득한 채 그대로 끌려갔다. 가회가 다시 양산을 들고 따라가려 할 때 한 아낙이 그녀를 잡았다.

"그러지 마오."

"뭐라고요?"

"저 여자는 어릴 적에 그 집안의 도령하고 야반도주 한 적이 있는 여자야. 그리고 몇 달 후에 집에 혼자서 왔다하오. 그걸 숨기고 해가 지나 저자에게 시집을 보낸 거라우. 그러니 저 남자 미칠 노릇 아니겠소?"

가회가 코웃음을 쳤다.

"그러니 저 아낙은 맞아 죽어도 된다?"

가회의 말에 아낙이 멀뚱하니 그녀를 바라보았다.
"아주마이, 그럼 그 집 부모도 아주마이 같은 심정이었겠소? 맞아 죽어도 되니 시집이나 가라? 혼인을 시킨 건 잘 살아보라 그리 한 것 아니겠소? 우리나라는 한 참 멀었소. 백년이 가도 그러한 것은 안 바뀔 것이오. 오호통재라 하는 건 이때 쓰는 말일게요."

가회가 치마를 털며 고개를 치켜 올렸다.

"하하하하."

가회의 말에 누군가가 큰소리로 웃었다. 가회가 돌아보자 멀끔하게 생긴 젊은 남자가 허리를 잡고 웃어대고 있었다.

"뭐가 그리 우습소?"

"내 말로만 듣던 신여성을 오늘 처음 봤소."

"그럼 기념이나 하시오."

가회는 휙 돌아서서 다시 갈 길을 갔다. 그러더니 우뚝 서서 그를 돌아보았다.

"그럼 당신은 저 아낙이 맞고 있을 때 구경만 했단 말이오?"

"어찌하다보니 그렇게 됐소."

"그렇게 겉으로만 구두신고 양복 입었다고 젠틀맨은 아니오."

가회가 다시 돌아섰다. 그는 멀어지는 가회를 한참이고 바라보다 돌아섰다.

가회는 점점 시간이 지날수록 분이 올라왔다. 여인의 얼굴과 겁에 질린 눈망울이 자꾸만 생각났다. 그것이 어머니의 세대이고 오랜 세월 속에 죽어간 한국여자들의 모습이라 생각되니 그 불쌍하고 가련한 여인에 대한 동정심만은 아니었다.

-미련하게 그리 당하고 사니 맨날 그러한 모습이 반복인 것이야. 맨발 벗고 도망치는 게 최선이라니. 나 같으면 그리는 안 살 거야. 내가 그 입장이라면.

며칠이 지나 가회는 친구들에게 이 일을 이야기 했다. 세 명의 친구들은 하나같이 손을 부르르 떨며 분개했고 다음에 그런 일이 있다면 끝까지 따라가서 여인을 구해내자 다짐까지 했다.

"그럴 것이야. 아마 그 근방의 사람인 듯싶더라. 그러니 그 여인이 어떻게 살았는지 훤히 꿰고 있겠지. 내가 이래서 일반 아낙은 되고 싶지 않다는 것이다."

"그건 나도 그래. 하지만 내 어제 이 머리로 집에 갔다 다시 쫓겨난 것 아니니? 우리 아버지가 얼마나 호통을 치는지. 아버지 때 단발령으로 목숨을 버린 사람이야기까지 하는 통에 아주 혼났다. 그러니 나는 연애결혼 할 테요 하다가는 아마……"

친구가 눈을 굴리자 나머지 친구들은 까르르 웃었다.

"그나저나 명옥이는 왜 오늘 모임에 안 왔니?"

가회가 물었다.

"말마라. 명옥이는 이제 우리와 어울리지도 못하게 생겼다."

"하지만 명옥이는 그저 구경만 했지 머리도 그대로 아니냐."

"동참했다는 이유만으로 그리됐으니 두 말 할 것 없지 않니."

그들은 한숨을 쉬며 커피를 홀짝거렸다.

"아이, 아깝다. 벌써 반이나 마셔버렸네."

한 친구가 커피 잔 안으로 얼굴을 바싹 들이대며 울상 지었다.

"우리 코피 다 마시고 서점이나 가지 않을래? 난 버지니아 울프 책을 아직도 못 읽어봤어."

"얘, 서점은 그만두고 우리 화신백화점이나 가보자. 새로 단장했다는데."

다른 친구의 말에 그녀들은 고개를 끄덕끄덕했다. 그러나 가회는 손가방을 들고 자리에서 일어났다.

"난 가야겠다. 아무래도 할마이가 마음에 걸리긴 하다. 아무리 밉다 해도 그래도 할마이는 할마이다. 가다 양과자라도 사다 줘야 마음이 편하지 안 그러면 우리 할마이 세상 떠나고 나면 세상없이 울 것 같다."

다례는 오전 내내 부엌에 쪼그리고 앉아 울기만 했다. 울면서 떠오르는 얼굴은 어머니도 아버지도 아닌 인산이었다.

-운룡 오라바이. 죽고 싶소. 하지만 죽기 전에 오라바이 한 번만 볼 수 있었으면 세상 소원 없겠소.

다례는 퉁퉁 부은 입술을 반쯤 벌리고 그렇게 울기만 했다.

"야, 이년아. 물 달라는 소리 못 들었어? 엉?"

부엌문을 발로 차고 들어선 다례의 남편은 우악스럽게 다례의 머리채를 잡아 흔들어댔다. 다례는 다시 울음이 터져 나왔다. 그러나 소리 내어 울면 더욱 맞는다는 것을 알고 그저 억센 남편의 손목을 애걸하듯 감싸 쥐기만 했다. 작은 팔목에도 멍은 심하게 들어있었다.

"에이! 재수 없어!"

그가 다례를 내동댕이치자 그녀는 부뚜막 앞에 꼬꾸라졌다.

"저걸 어디 확 팔아 버려야 하는데 말이야. 저런 년을 누가 사갈까?"

그는 바가지에 물을 떠 벌컥 마시더니 그것도 집어 던져버렸다. 다례는 바가지가 깨지는 소리에 놀라 어깨를 움찔거렸다.

"지랄을 한다. 지랄을 해. 야!"

그가 한 발 다가와 발길질했다. 다례는 다시 몸을 웅크렸다. 그는 다례가 웅크리면 웅크릴수록 거센 발길질을 했다. 일어서면 머리채를 쥐어흔들어 내팽겨 치고 엎어지면 다시 발길질. 그것이 수차례 되자 다례는 입에서 핏덩이를 토해냈다. 별안간 정신이 몽롱했다. 이제는 아픈 감각도 없고 그냥 차라리 이대로 죽었으면 하는 바람까지 생겼다. 그 때 아련하게 인산의 목소리가 들려오는 듯했다. 다례야, 하고 부르는 소리였다.

-아……. 나는 이제 죽어 가나보다. 내 오라바이 못 보고 죽어 원귀가 될까 하늘이 이런 년 불쌍히 여겨 오라바이 음성이라도 들려주는 모양이오.

-보석같이 살아라.

오래 전 인산이 해 준 말이다. 눈물이 쏟아져 나왔다. 다례는 어깨를 들먹이며 울기 시작했다.

-오라바이. 나는 보석이 아니오. 나는 개돼지만도 못하게 천대받는 더러운 년이 되었소.

다례의 감은 눈 사이로 별안간 인산의 모습이 보였다. 그는 마당에 앉아 대나무를 자르고 있다. 그리고 그것을 다례에게 준다. 다례는 그것을 받아 들고 책상 위에 올려놓는다. 대나무 안에 들꽃이 살

랑살랑 흔들린다.

"야, 이년아! 그렇게 울고 자빠지면 불쌍해 보여서 내가 잘못했다고 할 줄 아냐? 엉? 우리 돌아가신 어머니만 불쌍하지. 당신 떠나기 전 아들 밥이나 잘 챙겨 먹이라고 데리고 온 게 저딴 걸레 같은 년이니. 네가 차려준 밥도 더러워서 못 먹는 걸 하늘에서도 보실까. 퉤!"

다례가 기어들어가는 소리로 중얼거렸다.

"뭐?"

다례가 고개를 돌려 그를 쳐다보았다. 커다란 눈에는 눈물이 그렁그렁하다.

"나는 보석이오. 나는 보석이란 말이오!"

다례가 소리쳤다.

"뭐? 뭐가 뭐라고?"

"나는 보석이오! 나는 보석이오! 나는 보석이오! 난 귀하단 말이오! 어허허허헝!"

다례가 소리치고 부엌을 뛰어 나갔다. 그 모습에 그는 기가 막힌 표정이 되어서 웃음까지 터뜨렸다.

"보석? 보석이라고? 으하하하하!"

그는 허리가 휘어지도록 웃다 주저앉았고 다례는 대문을 열고 뛰어나갔다.

-도망갈 테다. 다시는 이 동네에 들어서지 않을 테다.

하지만 이 경성 바닥에 다례가 아는 사람은 하나도 없다.

다례는 그가 따라오는지 돌아보며 걷다 뛰다 하며 숨을 몰아쉬었다. 입속에서는 피비린내가 올라왔다. 그런 모습을 보던 동네 사람들이 또 시작이구나 하는 표정으로 고개를 흔들어 댔다.
"저러면 뭐하나 또 반나절도 되지 않아 머리채 잡혀 끌려갈걸."

다례는 인파가 많은 거리로 발걸음을 옮겼다. 한동안 걷다보니 저곳과는 다르게 잘 차려입은 남녀들이 길가를 누비고 다녔다. 그들은 다례를 힐끔 쳐다보며 바삐 걸었다. 다례는 주눅이 들어 머리카락을 다듬었다. 그러나 심하게 엉켜버린 머리카락은 풀리지가 않았다. 어디선가 과자를 굽는 냄새가 났다. 별안간 턱이 뻐근하리만큼 군침이 돌았다.
"보시오, 나를 알아보겠어요?"
돌아보니 가회였다. 가회는 한 손에 양과자를 들고 가게를 나오는 길이었다. 다례가 부끄러운 듯 고개를 숙였다. 가회는 이전보다 더 심하게 맞은 다례의 모습에 짧은 한숨을 내쉬었다. 별안간 가회는 다례의 손을 잡았다.
"가요. 우리 집에 갑시다."
다례는 아무 말도 못 한 채 가회가 끄는 대로 몇 걸음 걸었다. 가회는 손을 번쩍 들어 인력거를 잡았다.
"안국동 큰길로 갑시다."
가회는 다례의 손을 끌며 올라탔다. 여기저기 인력거가 다니긴 해도 큰길은 택시가 차지하고 있었다.
"요 몇 달 사이에 경성에 택시가 많아졌소. 하지만 아직 난 타본 적은 없소."

다례는 어찌할 줄 몰라 고개를 숙여버렸다. 가회는 다례의 손등을 토닥거렸다. 그러자 조금은 안심이 되었다.

"아이고. 아가씨 말씀 마시오. 인력거가 경성에 넘쳐난다 해서 요금 조절을 하는 바람에 이제 경성에서 살 수도 없지요. 이래저래 택시에 밀려 살 수가 없소."

"그래요?"

"아마 올 겨울 되면 팔십 전 오른다 하지요. 그래도 택시 타겠다는 사람 늘어나니 이젠 뭘 먹고 살지 막막하오."

"그럼 아저씨도 이참에 택시 한 번 해보시지요?"

"거, 아가씨도 참 내가 무슨 돈이 있다고. 하하."

"왜요? 최초의 여자 운전기사 있잖소. 이정옥인가?"

"이정옥이오?"

"그래요. 그 여자가 외국차 외상으로 거래해서 두 대 사고 일 년간 다 갚았다 하지 않소?"

"하하하. 아가씨 거참 생긴 것처럼 똑똑하오!"

다례도 가만히 고개를 끄덕끄덕했다. 바람이 불자 가회에게서 좋은 향기가 났다. 다례는 자기의 옷깃을 슬쩍 들어 냄새를 맡아보았다. 부끄러웠다.

"그리로 죽 가다 오른쪽으로 돌아서 계속 가면 되오."

가회가 바로 앉으며 과자 상자를 열었다. 다례가 곁눈으로 그것을 보았지만 못 본체 하고 시선을 돌렸다. 가회가 과자 하나를 꺼내어 다례에게 보였다.

"먹어 보시오. 오늘 새로 나온 거라 하여 몇 개 더 샀소."

그 말에 다례는 가회를 쳐다보았다. 가회는 고개를 끄덕이며 과자를 들어 올렸다. 다례는 두 손으로 받았지만 역시 가만히 멈춰 섰다. 가회가 하나를 들어 베어 먹었다. 다례는 그제야 과자를 입에 댔다. 난생 처음 먹는 양과자 맛에 다례는 눈을 감고 말았다. 세상에. 이런 맛도 있구나.

그 때 가회가 입을 열었다.

"자신감이 없어 그런 것이오. 당당하게 살아야 하오. 그래야 내가 살아 있다는 것을 느낄 테니까."

가회는 과자가루가 묻은 손을 탁탁 털어내며 밖을 쳐다보았다. 다례는 움찔했다. 어딘가 인산과 비슷한 느낌에서였다.

-참으로 멋있는 여성이구나.

다례는 과자를 입에 녹이며 목구멍으로 조심스레 삼켰다.

"보시오! 이것 아이들한테 주시오."

"하이고! 아가씨는 어찌 그리 마음도 곱소? 경성 아가씨들은 사나워 죽어요, 죽어!"

"원래 남남북녀라 하지 않았소?"

가회가 다례를 보며 웃자 다례도 가만히 웃었다. 그는 과자 봉투를 받아 쥐느라 잠시 인력거를 세웠다. 그리고 신이 났는지 전보다 더 힘차게 달리기 시작했다.

"말투가 평북인데, 나도 평북 사람이오. 어디서 사셨소?"

"……"

가회가 순간 아차 하는 표정으로 말을 바꾸었다. 이 여인은 수치스러울 것이다.

꽃 피는 救療神話 45

"경성은 참 복잡하오. 처음 경성 왔을 때 숨이 넘어가는 줄 알았으니까."

가회가 가만히 웃자 다례도 조심스레 웃으며 고개를 끄덕였다. 다례가 아무말 없자 가회는 밖을 보며 가만히 다례 손등을 다독거려 주었다.

"저는 내려야겠습니다."

다례가 중얼거리듯 말했다. 가회가 다례를 바라보았다.

"어디 갈 곳이라도 있어서 하는 말이요?"

"예……."

가회는 고개 숙인 다례를 바라보았다. 분명히 갈 곳은 없을 것이다. 그렇다고 해서 이리 같이 앉아 있는 것도 불편해 하는데 막무가내로 집으로 끌고 간다면 더욱 불편해 할 것이다. 그래서 가회는 다례를 보내야 할지 아니면 그래도 일단 집에 데려가서 이야기를 해야 하는 것이 좋을지 망설였다. 그 사이 다례가 먼저 입을 열었다.

"보시라요, 나 좀 먼저 내려 주시오."

"예?"

"나는 내려야 합니다."

"정말 갈 곳이 있소?"

"예."

가회는 짧은 한숨을 쉬며 과자 봉투를 만지작거렸다.

"아저씨 그리 해주세요."

다례는 인력거에서 내리자마자 가회에게 머리 숙여 인사를 했다.

"이름이 뭐예요?"

"……다례라고 합니다."

"난 가회라고 하오. 우리 집은 바로 저 모퉁이를 돌면 붉은 기와집이오. 언제든지 와도 좋소. 내가 환영하리다."

"고맙습니다. 이미 많은 도움을 받았습니다."

가회는 잠시 다례를 바라보았다. 정말 이대로 보내도 될까 하는 생각 중이다. 다례는 그제야 가회의 얼굴을 자세히 보았다. 하얀 얼굴에 까만 짧은 머리가 퍽이나 잘 어울렸다.

"아가씨. 어서 가세요."

다례가 한 걸음 물러섰다. 가회는 염려 가득한 표정으로 고개를 끄덕였다.

"그 근방은 내 학당 동창들과 자주 만나는 곳이오. 오다가다 만나면 우리 인사하고 지내요."

"예."

가회가 가만히 웃으며 고개를 끄떡였다.

"아, 그리고 이거 받아요."

가회가 과자 봉투를 건넸다.

"아니야요, 됐습니다."

"특별히 생각해서 주는 것이니 받아 두시오. 아저씨 갑시다."

가회는 밀어내다시피 봉투를 넘기고 떠나버렸다. 다례는 가회가 탄 인력거가 멀리 갈 때까지 서 있었다. 인력거가 사라지자 다례는 손등을 코에 가져갔다. 가회에게 나는 향기가 다례의 손등에 배여 있었다.

"참 멋있는 여자다. 정말 멋있어."

다례가 과자 봉투를 끌어안고 중얼거렸다. 과자 봉투 안을 보니 종이뭉치가 보였다. 다례는 그것을 꺼내어 보았다. 돈이다.
"세상에, 십 원이나!"
다례는 다시 가회가 사라진 곳을 바라보았다.
얼마 후 다례는 다시 우악스런 남편의 손에 끌려갔다.
"이년아. 니가 가봤자 어델가냐?"

가회가 집에 들어서니 현관에 남자 구두 한 켤레가 있었다.
"아가씨 이제 오십니까?"
찬모가 부엌에서 나와 인사했다.
"배고파 죽겠소. 방으로 들여 주세요."
가회는 방으로 들어갔다.
"아가씨, 손님이 왔습니다. 할아바님 친구 분 손자래요."
가회는 방에 들어가다 말고 다시 돌아보았다.
"예? 할아바이 친구 손자라 했소?"
"예. 평북에서 왔다 하는데요?"
-운룡인가? 운룡이니?
가회는 심장이 뛰었다. 가회는 곧장 할머니 방으로 달려가 문을 벌컥 열었다.
"아가씨!"
"저. 저 에미나이……."
맞은편에 앉은 할머니가 눈을 곱게 흘겼다. 할머니 앞에는 건장한 청년이 등을 돌리고 앉아있었다. 가회는 성큼 걸어 그의 얼굴을 살펴보았다.

"운룡이니?"

그러나 그의 대답을 듣기도 전에 가회는 짧은 숨을 내쉬었다. 인산이 아니었다. 날카롭게 빠진 인산의 눈썹과는 달리 아래로 축 처진 눈썹에 가회의 다리 힘도 덩달아 빠져버렸다.

"이리와 앉으라우."

"배고프오."

가회가 다시 방에서 나갔다.

"신여성은 그리 예의도 없는 거이나?"

청년이 푸 하는 소리를 내며 웃음을 터뜨렸다.

"이거나 드시오. 신여성 사건으로 할마이 속을 긁어 사온 것이오."

가회가 다과상 위에 과자 상자를 올려놓았다.

"오늘 신여성 풀이 많이 죽었습니다."

청년이 입을 열었다. 가만히 보니 저번에 말로만 듣던 신여성을 봤다며 웃던 그 사내다.

"내가 이불 호청이오? 풀이 죽고 살게."

"저저, 또 말하는 것 하고는. 너보다 두 살 많은 오라비다."

할머니는 가회에게 눈을 흘기고는 곧장 부드러운 말투로 청년에게 입을 열었다.

"저 아이가 서너 살 때라 기억 안날 것이야. 저렇게 한마디도 지지 않고 대꾸하는 통에 아주 내 속이 썩는다. 걸핏하면 끌려가는 시집은 안가겠다 하니 이제 내가 죽으면 저거 어떡하나? 응?"

할머니는 가회에게 눈짓을 하며 청년에게 생글거렸다.

"할마이 그 말투가 제발 나를 데리고 가주시오 하는 말 같소."
가회가 방문 앞에서 톡 쏘아붙였다. 청년은 소리 내어 다시 웃었다.
"할머님이 부탁 안하셔도 내가 모셔가야겠소."
"누가 보면 청춘남녀 활동사진 찍는 줄 알겠소. 흥."
가회가 문을 닫고 나가버렸다.
"하하하."
"아이고. 내가 그래 아주 속이 썩는다, 썩어. 저 새 꽁무니 머리 보았지? 그 곱던 머리 싹둑 자르고 저렇게 양년처럼 머리를 꼬부라트렸다. 아주 죽겠다. 죽겠어."
"그래도 예쁩니다. 아주 예쁩니다. 하하하."
그가 웃자 할머니는 힐끔거리는 눈으로 그를 바라보았다.
"그렇지? 우리 가회가 참 이쁘긴 하지?"
"예!"
그가 다시 웃었다.
"아이고, 자네 마음에 들었다면 내 이제 이 자리에서 송장되어도 소원이 없겠어. 아이고."
할머니는 청년의 손을 잡고 웃었다. 그 바람에 입가에 바른 분이 동글동글 말려 실밥처럼 되었다.

■　　■　　■

인산은 밤새도록 기차 화물칸에 쪼그리고 앉아 있다가 산등성이를 타고 내려가는 길에 뛰어내렸다. 처음부터 그리 한 것은 아니었다. 그가 탄 기차가 조선에 들어서자마자 일본경찰들이 왁자지껄 떠들어 대며 올라탔다. 그 중에는 이희룡이라는 일본 편의 조선인 형사도 껴 있었다. 인산을 잡는데 혈안이 되어 있던 그는 다행히 인산을 잡기 위해 기차에 탄 것은 아니었다. 인산은 그를 보자마자 모자를 깊숙이 눌러 쓰고 화물칸으로 서둘러 자리를 옮겼다. 짐 사이에 웅크린 채 밤새워 달려온 것이었다.

동이 틀 무렵 엉기성기 짜져있는 화물칸 틈으로 세상을 내다보았다. 러시아 땅으로부터 열흘을 넘게 달려오니 조선은 이미 초여름이 되어갔다. 푸른 수풀들이 너울거리며 인산에게 손짓을 하는 듯 했다. 좁고 답답한 화물칸의 작은 틈새로 보이는 풍경에도 가슴이 벅차올랐다. 조국의 수풀바람은 그가 호흡 하는 대로 폐로 들어가 안겼다. 그는 지그시 눈을 감았다.

-조국이다. 삼년 만에 돌아오는 조국이다.

그렇게 얼마를 달리고 나서 산등성이를 올라갈 무렵에 그는 기차에서 뛰어내려 산으로 들어갔다. 약쑥을 찾기 위해서다. 그는 잘 차려 입은 신사복을 하나 둘 벗어 던지며 산속으로 들어갔다.

그렇게 산속을 다니던 어느 날 그는 드디어 약쑥이 무성하게 자란 곳을 발견했다.

"쑥이다."

그는 그의 키만큼 자란 야생 쑥 사이를 가르며 한 가운데에 들어섰다. 그는 환한 웃음을 지으며 하늘을 올려보았다.

그는 그곳을 거처로 삼고 움막을 짓기 시작했다.

나른한 오후. 인산은 말려 놓은 약쑥 앞에 앉아 가만히 들여다보았다.

"요게 묵을수록 황금색이 되는구나."

그는 그것을 가만히 들어 코앞에 댔다. 그리고 눈을 지그시 감고 향기를 맡아보았다.

"향도 훨씬 약해. 훨씬."

이번에는 말려 놓은 지 일 년이 된 쑥을 들어 가만히 쳐다보았다. 그리고는 손끝으로 그것을 잘게 부수었다. 그리고 손바닥에 그것을 털어 올려놓고 이년이 된 약쑥 앞에 놓았다. 마찬가지로 그것을 비벼 보았다. 솜털처럼 쑥은 부드러운 가루가 되어 허공에 날아갔다. 그는 묵묵히 그것을 담아 동그랗게 말아보았다.

"역시 삼 년이 최고다."

그가 다른 약쑥을 꺼내어 들었다.

-삼 년이라. 그래. 내가 이렇게 도망을 다니며 숨어 지낸 것이 벌써 삼 년이 흘렀구나. 삼 년이.

■　　　■　　　■

"보시오, 젊은이. 이런 데서 자다 얼어 죽소! 어서 일어나시오!"

나무지게를 지고 내려오던 노인이 바위틈에 웅크리고 잠이 든 인산을 흔들어 깨웠다.

"거 웬만한 사람 같았으면 죽었을 것이오. 어디 몸 상한 곳은 없소?"

노인이 그를 살펴보며 물었다. 그러나 인산은 노인을 오히려 염려하는 눈빛으로 바라보았다.

"영감님. 심장도 좋지 않는 분이 이리 험한 산을 그렇게 많은 짐을 지고 어찌 가시려 합니까? 이리 주시오."

인산은 노인의 지게를 풀어 짊어졌다. 노인은 입이 벌어진 채 그를 쳐다보았다.

"아니, 젊은이가 어찌 그것을 아오?"

"의원이 말하기로 소음인이라 하지 않습니까?"

"응, 나는 소음체질이라 하더이다."

"영감님 꿀 드시오?"

"응, 우리 마누라가 그게 내 몸에 좋다고 해서 매일 주지. 우리 아들이 석청을 따왔어. 그 비싼 걸 말이야."

"드시지 마시오. 그것이 좋지 않소. 잘못하다가 갈 수가 있단 말이오."

"왜? 꿀이? 내가 꿀을 먹으면 안 된다는 거야?"

"언제부터 숨이 차기 시작했습니까?"

"그야 나이 들면 다 숨차고 그러는 거 아닌가?"

"아니오. 영감님은 절대로 꿀 드시면 안 됩니다. 인삼 드셔도 그렇지요?"

"응, 난 열이 많은가봐. 그걸 먹으면 아주 답답하고 손발이 저려. 마누라가 말하기는 내가 원체 그런 걸 안 먹던 사람이라서 그렇다고 하던데. 계속 먹으면 좋아질 거라고 하더라고."

"의원도 아시오?"

"그 양반은 그건 먹어도 좋다고 하던데?"
"영감님 체질은 소양인이오. 그래서 꿀, 인삼이 안 받는 것입니다."
"그래? 그 의원이 노망이 났나……."
"영감님은 심장이 약한 분이오. 그러니 각별히 조심해야 합니다."
"젊은이 이제 어디 갈 건가? 우리 집 가서 조반이나 같이 들지?"
노인은 인산의 손을 잡고 산길을 내려왔다.
"마누라! 조반 좀 내와 봐. 내가 산에서 신령님 모시고 왔어!"
노인이 소리치자 부엌에서 노파가 나와 배시시 웃었다.
"약초꾼이야?"
할머니는 사발에 따듯한 꿀물을 들고 나왔다.
"이 양반이 의원보다 나은 사람이야. 왜 내가 언제부턴지 숨차고 골 아프고 손발 저린다고 했지? 그게 그 꿀하고 인삼 때문이야. 나 이제 그거 안 먹을 테야."
"이 영감이 이 비싼 걸 왜 안 먹는다고 하지?"
할머니가 미간에 주름을 만들며 사발을 들이댔다.
"그게 그 꿀물하고 인삼 먹고 나서부턴 말이야. 의원이 내 체질에 안 맞는 걸 줬단 말이야. 이 젊은이한테 아무 것도 말 안했는데 척척 맞추더라니까."
"아, 시끄럽고 얼른 들어요. 조반 챙겨 올 테니까."
"안됩니다. 그러면 어르신 큰일 납니다. 심장이 갑자기 멈출 수도 있단 말이오. 그러니 이제라도 그만 권하시오."
"대체 왜 그러시오?"
할머니가 인산을 보며 언성을 높였다.

"어디서 왔기에 이래라 저래라 한단 말이오? 당신이 의원이오?"

인산은 말문을 닫았다.

"새파랗게 젊어서 대체 뭘 안다고 남의 영감 몸에 좋은 걸 그만 먹으라 하오? 이게 우리 아들이 죽을 고생해서 따온 꿀이오, 꿀!"

할머니가 소리를 치자 할아버지도 주눅이 들었는지 할머니 얼굴만 힐끔 쳐다보았다.

"영감! 전에도 약초꾼한테 사기 당해서 쓸데없는 풀뿌리 오 원이나 주고 샀지 않았소? 그놈의 귀 얇은 건 오십년 전이나 지금이나 군살도 안 배기는 모양일세. 어여 들어와요! 그리고 젊은이! 우리 집은 보다시피 영감이 나무 해다 오는 걸로 근근이 두 노인네 입에 풀칠한다오. 돈 같은 건 일체 없으니 뭐라도 받을 생각 마시오!"

"하지만 내가 데리고 온 손님인데."

"손님인지 도둑인지 어떻게 아오? 우리를 속이려 왔는지 당신이 어떻게 아난 말이오?"

할머니는 할아버지에게 꿀 사발을 들이밀며 인산을 흘겨보았다. 할아버지도 할머니 말에 동조를 했는지 묵묵히 사발을 들어 마셨다. 인산은 어두운 표정으로 그들을 바라보다 이내 발길을 돌렸다.

"죽 들이키라니까."

할머니는 사발을 들고 할아버지 입에서 떼지 않았다. 할아버지는 손짓으로 천천히 하라는 듯 저어댔다.

"아이고 죽겠다."

할아버지는 소매로 입가를 닦아 내고 헐떡거렸다.

"이봐, 할멈, 또 숨이 찬다니까."

"그렇게 숨도 안 쉬고 들이켜니 숨이 차는 건 당연하잖아요. 탁배기 마실 땐 잘도 마시더니 좋은 건……. 하여간 값나가는 걸 먹어 봤어야 속에서 받지!"

"그래도……."

"내가 아예 인삼까지 꿀에 넣었단 말이야."

"어어……."

할아버지는 별안간 가슴을 움켜쥐고 앞으로 푹 꼬꾸라졌다.

"아이고! 영감 왜이래요?"

할머니가 높다랗게 소리를 질렀다. 심장마비였다.

"아이고! 귀신이 집에 다녀갔구나! 그게 저승사자였구나! 아이고! 우리 영감 불쌍해서 어쩌나, 불쌍해서 어쩌나!"

인산은 할머니의 곡소리에 귀를 막으며 산에서 내려왔다.

유독 이 일뿐만 아니다. 한 번은 사람이 숨이 넘어가고 있을 때 인산이 그를 살리고자 다가간 적이 있다. 그가 보기에는 단순한 쇼크였다. 그 쇼크로 호흡이 멎었고 충분히 살릴 시간이 있었다. 그러나 그가 다가가자 사람들이 그를 밀쳐내며 욕을 해대는 통에 침은커녕 살릴 시간조차 주지 않고 그대로 바닥에 주저앉아 버렸다. 그 사람 역시 숨이 넘어갔고 얼마 후 사람들은 곡을 하기 시작했다.

-사람이 죽고 사는 것은 나한테 달려 있는 것이 아니구나. 나는 나를 인정해 달라는 것이 아니다. 내가 알고 있는 것들. 자연이 준 최고의 약. 살 수 있는 방법들. 그것을 권하는 것이다. 그런데 그게 왜 그렇게 힘이 드는 것일까. 내가 백 번 권해도 소용이 없는 것이 구나. 왜 그럴까. 어릴 때는 어려서이고 지금은 내가 의원이 아니라

서? 내가 의원이 된다면 내 말을 들을까. 그렇지도 않을 것이다. 내가 아는 방법은 의학책에도 나와 있지 않은 방법이니까. 그러니까 나는 박수보다도 못한 사람이구나.

인산은 별안간 온 몸에서 기운이 빠져 나가는 듯했다. 사람을 살리고자 하는 마음. 그것은 그가 살고 있는 이유 중 하나였다.

유독 오늘의 일 뿐만 아니었다. 그는 수많은 사람들을 살렸지만 그를 바라보는 눈은 배운 사람일수록 의심하는 눈빛으로 그를 쳐다보았다.

오히려 아무 것도 모르는 사람들, 약초건 식품이건 의학이건 인체건 그저 아무것도 모르는 사람들만이 그가 시키는 대로 묵묵히 따랐다. 그것을 따른 사람들은 병마로부터 풀려났고 조금이라도 아는 사람들은 무시하며 거부했다.

-그러나 그렇게 해서 나에게 이득이 될 것이 무엇인가. 내가 그들에게 금품을 요구하지도 않았을 뿐더러 되레 나에게 돈을 주는 자는 거절했다. 그것을 알면서도 왜 나를 그렇게 보는 것일까.

"이게 내 욕심이오?"

그가 벼랑에서 소리쳤다. 그의 목소리가 계곡을 타고 퍼져나갔다. 그러나 횡횡 불어대는 바람은 그의 목소리를 잡아 삼키고 달아났다. 그는 숨을 몰아쉬며 눈을 감았다.

"……이게 내 욕심이냔 말이다. 죽어가는 사람 살리고 싶은 것이 오직 나의 욕심이냐. 살 길이 있어 살리는 길로 밀어버리는 것이 내 욕심이냔 말이다. 난 아무 것도 바라지 않는데. 아무 것도. 그냥 살리는 방법을 알려 주는 것인데……"

인산의 눈에서 뜨거운 눈물이 쏟아져 나왔다. 세찬 바람 속에도 그의 눈물은 식지 않았다. 그저 계속 나오는 눈물. 가슴에 통증이 오듯 뜨거운 눈물이 하염없이 쏟아졌다.

그는 할아버지가 생각났다. 아주 어릴 적 할아버지가 고개를 끄덕끄덕하며 인산에게 하던 말. 그것이 선명하게 떠올랐다.

-사람들은 너무 앞서가는 사람을 보고 미친 사람이라 하기도 한다. 병을 고치고 그 방법을 알려주는 것뿐인데도 네가 일러줘도 알아듣지 못한다면 너는 미친 사람이 되고 만다. 하지만 그게 너의 운명이라면 너는 평생을 미친 사람으로 살아가야 할지도 모르겠구나.

인산은 비탈길에 서서 발밑을 쳐다보았다. 발끝으로는 아득한 절벽이 펼쳐졌다. 그는 한 발을 들어 허공에 놓았다.

-난 그리 되기는 싫소, 할아바이. 평생을 미친 사람처럼 살아가야 하는 것이 싫소. 차라리…….

인산이 눈을 감았다. 그 때 세찬 바람이 인산을 밀어치기라도 하는 듯 불어와 그를 안쪽으로 넘어뜨렸다. 바람 소리는 웅웅거리며 마치 사람의 음성처럼 들려왔다.

운룡아.

너는 왜.

너만 아는 사람이 되려 하냐.

네가 죽으면 많은 사람들도 함께 죽는다. 네가 아직 만나지도 못한 사람들. 아직 너를 모르는 사람들. 혹시나 자신의 목숨을 구해 줄 사람이 있을지도 모른다고 생각하는 사람들. 그리고 아직 태어나지도 않은 수많은 사람들.

그 사람들은 어찌 할 것이냐.

인산이 주위를 둘러보았다. 하지만 세찬 바람은 다시 계곡에서 계곡으로 넘어가고 있었다. 그는 자리에서 일어났다. 그리고 주변을 돌아보았다. 그곳에는 오직 인산 혼자만이 있었다. 그러나 눈을 감으면 그의 눈앞에는 할아버지 현구 짱구와 두꺼비가 느껴졌다. 질타하는 눈빛과 그를 어루만지고 감싸는 그들의 따듯한 눈빛들이 매서운 바람 속에서 몽롱한 환상처럼 전해졌다.

-그래 어차피……이것이 아니면 저것이다. 병든 사람을 고치든가 그냥 버려두는 것이다. 내버려 두는 것이 나한테 이득이다. 마음이 이리 괴로울 바엔. 하지만 그럴 수는 없다. 살리는 방법을 알고 있는데 외면하는 것은 가장 악독한 인간이다. 그렇다면 의원이 되던가 아니면 미친놈이 되어야한다. 의원. 의원이라고. 그저 병든 사람이 찾아오도록 기다리는 의원이 되어야하는 것인가. 그래, 차라리 미친놈 소리 들으며 죽어가는 사람을 살리는 편이 낫다. 차라리 미친 사람이라 듣는 편이 낫다. 지나가던 미치광이가 사람을 살렸다는 편이 낫다.

인산은 발걸음을 돌려 묘향산으로 향했다. 세찬 바람이 불어왔으나 그는 되레 세찬 바람을 뚫고 걸어 나갔다.

제 2 장

"그 공기 중에 섞여 있는 것 중에 산삼 분자 황금 분자도 있다."
"그건 또 무슨 이야기야?"
"주역에 의하면 이 지구를 여덟 개로 나누면 우리 한반도는 건곤감리 진태손간의 팔괘 중에서 간 분야에 해당이 되거든. 간방은 생기의 방소이고 이 땅은 가장 많은 양의 활인약분자가 분포되어 있다는 말이야."
"활인신약(神藥)이라면 무엇을 말하는 건가?"
"산삼분자다. 사람을 살리는 약분자. 모든 생명력의 근원이라는 것이다. 그러니 사람을 치0히는데 그만한 세료노 없다는 거다. 나중에 봐라. 우리나라 땅에서 나는 곡식들. 바다에서 나는 물고기들. 그런거 어느 나라에 가도 그만한 맛과 영양이 좋은 것은 찾을 수 없다. 내가 장담한다."
인산은 다시 하늘을 바라보았다.

이문도는 환자를 돌보고 나면 틈이 나는 대로 본격적으로 그를 기다렸다. 요 며칠간은 그를 보았다는 사람은 있었으나 그가 직접 보지 못함에 내심 초조하기도 했다. 워낙에 바람처럼 사라지는 사람이다 보니 이 마을에서 다른 마을로 간 것은 아닌가 하는 노파심도 생겼다. 이러저러한 초조함으로 그렇게 한 시간이 지나자 드디어 그가 나타났다. 그는 벌떡 일어나 그리로 다가갔다. 청년은 이문도를 힐끔 보더니 이내 늘 가서 앉았던 곳에 자리를 잡고 오리를 쳐다보기 시작했다. 이문도는 조심스레 그쪽으로 다가가서 그가 보는 곳과 같은 곳에 시선을 두었다. 그리고 힐끔거리며 그의 눈빛을 살펴보았다.

-총기가 있는 눈빛이다. 그래. 그때는 왜 보지 못했을까.

"보시오."

"뭐요?"

그의 목소리에 이문도는 별안간 주눅이 들었다. 카랑카랑한 목소리는 이문도의 발끝에서 자잘한 진동으로 다가왔다.

"젊은이는 여기서 무엇을 그리 보는 게요?"

"오리 구경하지."

평안도 사투리가 무뚝뚝하게 들렸다. 그는 고개를 돌려 오리를 바라보았다. 한동안 무거운 침묵이 흐르자 이문도는 잠시 머뭇거리다 그 옆에 앉았다.

"나는 이문도라고 하오. 요 근처에서 의원 노릇을 하고 있소."

그가 손을 내밀었다. 그가 내민 손을 물끄러미 바라보다 손을 맞잡았다. 이문도는 조금 안심이 되었다.

"내 이름은 알 것 없소."

이문도는 기가 찼지만 워낙에 미친 사람이다 기인이다 하는 소문 때문이라 개의치 않기로 했다.

"지난 번 마을 사람에게서 당신 이야기를 들었소. 사람을 살리는 데 명수라 하더이다."

"명수는 무슨."

그가 시선을 오리 떼에 두고 중얼거리듯 말했다.

"그런데 참 희한해."

이문도가 청년을 힐끔 쳐다보았다.

"저렇게 썩은 시궁창 물을 먹고도 탈이 없잖아. 저런 물을 먹으면 분명히 죽을 텐데. 게다가 요 며칠 전부터 왜놈들이 공장을 짓는다 하여 기름까지 떠내려 보내는 데 말이지. 그런데도 살아 있어. 숫자도 똑같고. 서른세 마리. 오늘도 서른세 마리. 분명히 오리의 간은 대단한 해독작용을 하는 것임이 틀림없어."

이문도는 눈이 휘둥그레 되어서 그를 가만히 쳐다보았다. 그는 조금 더 다가가 말을 붙여보려 했으나 청년은 벌떡 일어나 또다시 휘휘거리고 멀어졌다. 이문도는 잠시 망설이다 이내 그를 따라나섰다.

"보시오!"

그러나 빠른 걸음의 청년을 따라 잡지 못했다. 청년 역시 그가 따라오는 것을 알면서도 서둘러 산으로 올라가버렸다.

"무슨 사람이 저리도 걸음이 빠르단 말이냐."

이문도가 숨을 몰아쉬며 제자리에 섰다. 이문도는 다시 청년을 좇기 시작했다. 희끗희끗한 그의 옷자락이 멀리 보였다 나타나기를 반복했을 때 어디선가 매캐한 유황냄새가 났다. 이문도는 반사적으로 코를 움켜쥐었다.

-웬 유황냄새가 이리도 난단 말인가.

바람이 역으로 불자 그 냄새는 사라지기도 하고 다시 그의 코를 찌르기도 했다. 그가 잠시 걸음을 멈추어 섰을 때 이번에는 저만치 낡은 집에서 연기가 올라왔다. 분명히 그가 있는 곳이다. 이문도는 귀신에게 홀린 듯 서둘러 걸었다. 다 쓰러져가는 집에는 최근에 바른 황토가 집의 벽 군데군데 발라져 있었고 작은 마당에는 크기가 다양한 함지박이 여기저기 흩어져 있었다. 마당 구석에는 대나무가 쌓여 있었고 또 그 주위에는 소나무가 한 짐 그리고 소금자루가 부잣집 쌀가마니처럼 쌓여있었다.

"뭘 보시오?"

뒤에서 나는 소리에 이문도는 깜짝 놀라 돌아보았다. 어느 새 청년이 어깨에 소나무 한 짐을 지고 있었다.

"비키시오."

이문도는 우왕좌왕하며 간신히 그를 피해 섰다. 그는 이문도를 힐끔 쳐다보더니 소나무를 내려놓았다.

"여기 사시오?"

이문도가 물었다.

"집 주인이오?"

"아니오."

"그럼 가봐."

그가 소나무를 쪼개기 시작했다. 이문도는 별일이다 싶었다. 자기 집도 아닌 곳에서 장작을 패고 게다가 집주인이 아니라면 가라고 하다니. 만약 집주인이라고 했다면 그는 어떻게 나왔을까.

"고맙소."

"뭐가?"

"나한테는 아버지 같은 분을 살려주셨소. 생명의 은인이오."

"응?"

"한 사나흘 전에 지네에 물린 칠십대 노인을……"

"아, 그 양반. 건강하오?"

"예, 그렇소."

"그 양반 전화위복이라. 지네 독 덕분에 폐까지 나았어. 더 좋아졌을 걸?"

인산은 드럼 통 안에 소나무 장작을 집어넣었다.

"아……."

"의원이라며 그것도 몰랐소?"

인산이 뚜껑을 닫으며 돌아보았다.

"아니, 알긴 알았소만……."

"고치는 방법이 애매했지?"

그가 침묵으로 일관했다.

"지금 바쁘시오?"

"내가 놀고 있는 것으로 보이나 보네."

"아니 그게 아니라……."

"하하하."

이문도는 또다시 어떻게 해야 할지 몰라 가만히 있었다.

"미치광이한테 말을 이리 많이 시키는 사람은 처음 보오."

"내가 보기에 당신은 미친 사람이 아니오."

"그래?"

"다만, 평범하지 않은 것인데……."

"그건 당신도 그렇소. 당신은 사람이 너무 좋아서 나중에 꽤나 맘 고생할걸?"

이문도는 다시 입을 다물었다. 그는 잘라진 소나무 장작을 들어 드럼통 옆에 쌓아 놓았다.

"천성이 고와서 그래. 당신 같은 사람이 사람 구하는 일에 목숨 걸면 참 좋겠네. 병자도 그냥 고쳐주고. 곡간에 쌀 떨어져도 환자 먹이려면 낱알이라도 풀어 죽 끓여 먹일 사람이오."

이문도는 눈이 휘둥그레졌다.

"당신은 대체 누구십니까?"

이문도가 떨리는 목소리로 물었다.

"나는 그냥 나지 내가 누구겠소. 내가 여기서 나는 미륵지존이고 관음불이고 온 세상 사람들 병을 낫게 하는 지혜를 가지고 온 사람이다 하고 말하면 당신은 아, 그렇습니까. 반갑습니다 할텐가? 하하하."

인산은 대나무를 자르기 시작했다. 이문도는 그가 앞에서 바쁘게 움직이자 앞뒤로 비켜주었지만 돌아갈 생각은 하지 않았다.

"그런데 지금 무엇을 하고 있는 것입니까?"

"나는 말 안 할 거요. 말하면 미친놈이고 안 해도 미친놈이니까."

"당신은 미친 사람이 아니오. 그것쯤은 알아보는 의원이오."

그 말에 인산은 대나무를 자르다 그를 쳐다보았다.

"그래?"

그가 고개를 끄덕였다.

"그럼 이것 좀 자르시오."

그가 대나무 하나를 던졌다. 이문도는 얼떨결에 날아오는 대나무를 엉거주춤하게 받아들고 주위를 살펴보았다.

"이문도라고 했소?"

"그렇소."

"당신은 환자들에게 약을 처방할 때 어느 것을 근거로 하오?"

"그거야…… 그 병이 무엇인가 알아보고 그 병에 맞는 화제를 지어 그것으로."

"틀렸어."

"예?"

"그 병이 무엇인가 보는 것이 아니라 그 환자가 어떤 사람인가를 먼저 봐야 하지. 이 사람은 어디가 약하고 이러이러한 몸이라 이런 병이 걸렸구나. 그럼 이러한 몸에는 이러한 것을 처방하는데 우선 몸이 상했으니 잘 먹이고 시작해야겠다……"

"먹지도 못해 누워있는 환자에게 무엇을 먹이오?"

"내 참."

인산은 대나무를 자르다 말고 이문도를 쳐다보았다.

"사람이 병들어 몸이 아파 제대로 못 먹었고 그렇기 때문에 영양이 제대로 가지 않아 더욱 약해졌소. 몸의 중앙에 있는 위가 약해지니 영양을 받지 못하는 환부는 더 약해질 수밖에 없소. 새로운 힘이 있어야 하는데 그걸 뭘로 채우나. 먹는 거지. 잘 먹어야 하지. 그러니 잘 먹게 영양을 채워주면서 그 병을 잡아야 하는 거요. 그럼 아픈 몸에 새 살이 나고 신경이 살아나고 새 피가 흐르는데 그 병균이 견디나. 나가야지."

이문도는 인산을 멀뚱하니 쳐다보았다.

"병을 고치려면 우선 잘 먹이고 그 다음이 병을 잡는 거란 말이오. 간단한 원리를 뭘 그리 어렵게 생각하오."

인산은 다시 대나무를 잘랐다.

-도대체 이 사람은 무엇을 하는 사람일까.

이문도는 천천히 집안을 둘러보았다. 열려진 부엌에는 살림가지는커녕 당장 먹을 식량조차 없었다.

"그런데 왜 이 집엔 먹을 것이 없소?"

"그러게 말이야. 하하하."

"괜찮다면 우리 집에 와서 같이 이야기도 했으면 좋겠는데. 이런 말을 하면 실례인줄 알지만 남의 집에서 밥을 얻어먹는다고 들었소. 나와 친구합시다. 친구 집에 와서 먹는 밥은 동냥이 아니오."

"갑시다. 마침 배가 고파오려던 참이었는데."

이문도는 거침없는 그의 행동과 말에 웃음이 나왔다.

울퉁불퉁한 도로를 따라 걷자니 옹기종기 붙어 있는 가구들이 한 눈에 들어왔다. 이문도는 그 중에서 가운데 있는 집 앞에 섰다. 대문은 반 쯤 열려 있었고 탕약냄새가 났다.

"어머니. 제가 오늘 친구를 하나 사귀었습니다."

이문도가 대문을 열자마자 큰소리로 말했다.

그의 집은 소박하다기 보다 초라함에 가까웠다. 좁은 마당에 들어서니 두 명이 탕약을 짓고 있었다. 그들은 탕약에 부채질을 하며 눈인사만 했다.

"왕이 와도 우리는 할 일만 계속하오."

이문도가 웃었다.

"그거 마음에 드오."

낡은 대청마루에는 육십 대로 보이는 그의 어머니가 대나무 바구니를 만들고 있었다. 구석에는 그것을 산처럼 쌓아 놓은 것이 보였다.

"지을룡이라고 합니다."

그가 마당에서 반배를 올렸다. 이문도는 인산을 다시 보았다. 그는 결코 못 배운, 되어먹지 않은 사람이 아니었다. 그러나 이문도의 어머니는 빗나간 시선을 허공에 두고 빙긋 웃어보였다.
"그래, 어서 오시오."
그의 모친은 앞을 볼 수 없는 사람이었다.
인산은 이문도를 바라보았지만 그는 가만히 웃어 보이며 고개를 끄덕였다.
"어머니. 이 친구가 먼 길을 와서 배가 고플 것입니다."
"그래, 내가 얼른 상을 봐주마."
"우리 어머니 반찬 솜씨가 일품이오. 한 번 드셔보시오."
"그래요. 어서 들어가시오."
그의 어머니가 웃으며 댓돌 위에 놓인 신발을 찾아 신고는 부엌으로 다가갔다. 인산은 그것을 가슴 아프게 바라보았다.
"너무 마음 쓰지 마시오. 덕분에 내가 의원이 되지 않았소. 하하."
이문도는 웃었지만 눈매가 슬퍼 보였다. 그 뒤로는 그럼 뭐하오. 여전히 나의 어머니는 앞을 보지 못하는데 하는 듯 했다.
"들어오시오."
인산은 이문도의 방 앞에 서서 빽빽이 벽면을 채우고 있는 고서를 바라보았다. 마치 고향 친구를 만난 것처럼 가슴이 두근거렸다. 그는 성큼 다가가 책 앞에 서서 유심히 바라보았다.
"보던 책이 있소?"
"사상체질론이 정확하다고 보오?"
이문도는 고개를 갸우뚱해보였다.
"무슨 말이오?"
"그것이 정확하냐는 말이지."

이문도는 여전히 의아한 눈빛으로 고개를 끄덕였다.
"물론 이제마가 처음 이론을 내었을 때 그러한 반론들이 많았지만 나는 신뢰하오. 정석이라고 생각하오."
"주역을 아시오?"
"잘은 모르오. 그저 의학에 필요한 정도만 알고 있을 뿐이지."
"그러니 정확하지 않다는 말이지. 그냥 한의학에서 찔러주는 주역을 토대로 이러이러하니 이렇게 해라……. 이제마도 한 부분에 있어서 실수를 했소."
이문도는 웃음이 나왔다. 그러나 곧 손을 저어대며 사과를 했다.
"그런 이야기를 처음 들어서 실례했소."
그 때 방문이 열리며 상이 들어왔다. 이문도는 상을 맞들며 내려놓았고 어머니는 어정쩡한 자세로 허공을 보고 있었다.
"있는 찬 그대로 내왔을 뿐이지만 많이 드시오."
"고맙습니다."
인산이 자리에 앉자 그의 어머니는 다시 문을 닫고 나갔다. 이문도는 인산의 앞에 놓인 상을 바로 하며 권했다.
"많이 드시오."
"고맙소. 이런 대접은 오랜만이오."
"말도 안 되오. 내 듣자하니 생명을 구해준 일이 허다한데 설마 냉수 한잔 권하지 않았겠소?"
"그런 것 바라고 했다면 아예 기왓장에 하인 부리는 집만 골라 다녔지."
인산이 한 수저 뜨며 웃었다.

"이곳 평안도 출신입니까?"

"태생은 함경도요. 그러나 거의 평안도에서 자랐소."

"그런데 왜 이렇게 적 없이 다니는 거요?"

"글쎄올시다. 하하."

인산이 웃었다.

"보아하니 꽤나 많이 배운 양반 같은데 재능이 아깝소. 어디 의원 밑에서 일을 했소?"

"김면섭이라는 양반한테 있었소."

"김면섭이라면 유학자 출신의 의원 말씀이십니까?"

"아시오?"

인산이 되물었다.

"알다마다요. 그런 분이 세상을 떠나셨다는 것이 무척 가슴 아픕니다."

인산은 고개를 가만히 끄덕였다.

"그럼 꽤나 어린 시절이었던 모양입니다."

"약초꾼으로 잡일이나 거들다가 어깨너머 풍월 읊은 정도지. 하하하."

인산은 쓸쓸하게 웃었다.

"듣자하니 그분이 독사에 물려 죽게 된 고약한 사람을 살려 놔 되레 원성을 들었다는 이야기를 들었습니다. 북어국으로 살렸다고 하시던데 정말 대단한 분입니다."

"예."

잠시 침묵이 흘렀다.

"올해 나이가 어떻게 되시오?"

이문도가 물었다.

"스물다섯."

"나는 스물일곱이오."

"나보다 나이가 많구만. 하하하. 장가 안가시오?"

"말이 의원이지 가산이 이 꼴인 사람한테 누가 오려 하오."

"보시오. 곧 나타날 것이니. 아마 올 해가 가기 전에 장가간다 하여 집안이 분주할 걸."

"그렇게 된다면 우리 어머니 눈이 뻔쩍 뜨일 것이오."

인산은 빙긋 웃었다. 그때 이문도가 생각났다는 듯 다시 입을 열었다.

"아까 말한 사상의학 말이오."

인산이 고개를 끄덕였다.

"그것이 왜 잘못 되었다는 말입니까? 그의 저서를 읽어보긴 했소?"

"동의수세보원의 사단론 조에 그것이 구체적으로 있지."

이문도는 입을 다물었다. 이 사람은 대체 누구인가.

"내가 의원님의 책을 둘러보니 주역에 관한 것은 없더이다. 주역은 점이나 치고 팔괘 놓고 귀신을 부리는 것이 아니라 논리적이면서도 과학을 초월한 것이오. 허망한 무당 놀음의 기초가 아니라는 말이지. 그러니 시간이 되는대로 주역을 한 번 보도록 하시오."

"하지만 궁금해 못 견디겠소."

"그럼 간단하게 한 가지만 이야기해 봅시다. 사상체질을 나누는 것이 무엇이야. 소음, 소양, 태음, 태양 아니오."

"그렇소. 동의보감 역시 그것을 토대로 한 것이고요."

"그것을 싸그리 엎어버린다는 말이 아니오. 동무 이제마는 태양인의 특징을 무어라 했소?"

"폐대간소라 하여 폐장은 크고 간장은 작다했소. 태음인은 간대폐소라 하였고."

"그 말에는 나도 동의하오. 그러나 소양인과 소음인에 대한 체질론은 동의할 수 없지."

"그건 어쩐 이유요?"

인산은 물을 들어 마시며 상에서 조금 물러앉았다.

"주역계사장의 소에 의하면 오행 중 금, 목, 수, 화, 토로도 일컫고 있소. 그것으로 보면 소양인은 어느 것에 속할 것 같소?"

그가 이문도에게 물었다.

"이제마는 화장부를 토장부라 했소. 그러니 소양인은 토장부요."

"그러니 그것이 잘못 되었다는 말이오. 비위는 토, 즉 중앙."

"그렇소."

"그렇기 때문에 사상체질은 토를 제외한 나머지 넷〈목 화 금 수〉로 정해야 하기 때문이오."

이문도는 인산을 가만히 바라보았다. 그의 눈은 더욱 총기가 더해졌다.

"이제마는 소양인에 대하여 비대신소 즉 비장은 크고 콩팥은 작다고 했고 소음인에 대해서는 신대비소라 하였소. 그러나 사상은 사장생으로 나누기 때문에 사고장은 사상에 들어오지 않소. 그런데 이제마는 비장은 축미인데 이를 사상에 넣고 있다는 말이지."

"그게 무슨 뜻이오."

"사장생에서 인은 갑인이니 방위로는 동방이요, 장부로는 간장이오. 신은 경신이니 방위로는 서방이오, 장부로는 폐장이 아니오."

"그렇소."

"사는 정사이니 방위로는 남방이고 장부로는 심장. 해는 계해이니 방위로는 북방이고 장부로는 신장이라는 말이오. 그리고 비위는 토로 중앙에 속하고 사고장에 들므로 이는 사상분류에 들어갈 수가 없다는 말이지."

이문도는 고개를 갸웃거렸다. 인산이 다시 입을 열었다.

"사상분류는 모두가 밖이지 가운데 중앙은 아니오. 곧 동서남북의 변두리지 중앙이 아니란 말이오. 그런데 비위는 토로 중앙에 속하고 사고장에 들므로 이는 사상분류에 들어갈 수 없다는 것이고. 그러니까 이제마의 사상체질론 중 소양인을 비대신소, 소음인을 신대비소라 한 것을 심대신소, 신대심소라 고쳐 보아야 한다는 말이오."

"하지만 어쨌든 이제마의 사상체질론은 독창적이고 훌륭한 이론에 틀림 없소."

"그것이 거짓이라는 말이 아닙니다. 일례로 들어봅시다. 체질의 특징이나 성격으로 보아 소음인인 사람이 있다 칩시다. 그런데 그 사람이 살아가면서 음식이나 환경으로 체질이 변하고 성격도 변하여 외관상으로 보면 태음인으로 판단되었다면 그 사람은 사상체질 중에서 어느 것을 따라야 하오?"

이문도는 잠시 입을 다물었다.

"그래도 본성이 소음인이니 소음인의 처방을 해야 하지 않소?"

"그렇다 칩시다. 그래서 그 사람에게 소음인에게 잘 받는 인삼을 주었소. 그런데 효과도 없고 부작용도 없어. 그럼 그 사람은 태음인이오, 소음인이오?"

"그런 경우가 있었소?"

"있었소."

이문도는 잠시 생각에 잠겼다.

"그건 간혹 가다 나타나는 것이 아니겠소. 사상체질론은 정확하오."

"혈액형에 대해서 아시오?"

"예? 양놈들이 쓰는 양의학 아니오?"

"동서의 조화는 때로 유익한 것이 많소. 대분류를 사상체질 그리고 소분류를 혈액형으로 들어가면 더 정확하지. 사상체질에만 의존하는 것 보다는 낫다는 말이오. 그걸 왜놈이 심리학이네 뭐네 하면서 헛소리 찍찍하고 있긴 해도 사람의 피가 딱 네 가지로 나뉘는 것은 뭔가가 있기 때문이지."

그는 별안간 이문도를 돌아보았다.

"어머님 눈은 언제부터 저리 되셨소?"

"젊은 시절 열병을 앓고 그리 되셨다 하오. 내가 태어나기도 전이오."

"그럼 뜰 수 있겠네."

"예?"

이문도는 아무렇지도 않게 말하는 인산의 입을 바라보았다.

"뜰 수 있소."

"하지만 난 그렇게 말하는 의원은 내 평생 보지 못했소."

이문도는 약간의 노여움이 올라왔으나 참아냈다.

"나는 의원이 아니라고 그리 말하는 모양이구려. 하지만 당신도 나를 신뢰하지 않으니 이쯤해서 그만 떠들겠소. 떠돌이 미치광이 이야기가 생각 나거든 다시 부르시오. 밥 잘 먹었소."

이문도는 인산의 생각대로 그를 신뢰하지는 않았다. 하지만 보통의 사람과는 다르다는 것을 느낀 바라 그의 말을 가슴 깊숙이 새겨두기로 했다.

■　　　■　　　■

"그놈 참 잘 생겼다."

두 노부부가 인산이 깎아놓은 함지박을 바라보았다.

"그건 얼마요?"

영감이 물었다.

"주고 싶은 대로 주시오. 한두 번 온 양반도 아닌데."

인산은 다른 함지박을 깎으며 중얼거리듯 말했다.

"에잉. 그렇게 말하면 우리가 일전 주고 간다!"

"하하하."

인산이 웃자 영감은 허리춤에서 돈을 꺼내어 들었다.

"이거면 될까?"

그가 인산의 앞에 가서 돈을 보였다.

"충분하지."

"아이고 횡재했네. 영감 그거 지고 갑시다."

"그 옆에 있는 작은 놈도 가지고 가시오. 그건 할마이가 들고 가면 되겠네."

할머니는 입이 찢어져라 돌아보며 바가지를 덥석 집었다.

"진짜? 요놈이 아까부터 좋아 보이긴 했어. 내가 우리 동네 할마이들 잔뜩 끌고 올께."

"예, 예."

인산이 웃었다.

"거 참말로 젊은 사람 솜씨가 좋다. 이런 산골에서 함지박 깎기는 정말 아깝다. 궁궐도 짓게 생긴 솜씬데 말이지. 끙차!"

"거 짊어 질 수 있소?"

인산이 일어났다.

"염려 말라고. 내가 이래 뵈도 젊은 시절에 멧돼지도 때려눕힌 몸이야."

영감이 빠진 이를 드러내며 웃었다. 그때 인산이 가만히 노인의 얼굴을 들여다보았다.

"영감님, 거 잠깐 내려놓고 이리 좀 와서 앉아보시오."

"응?"

"잠깐이면 되니 이리 좀 앉아보시라니까."

인산이 함지박을 내려놓으며 영감의 손목을 잡아끌었다.

"왜?"

"거 눈이 언제부터 그랬소?"

"이거? 이 하얀 거 올라 온 거?"

"예."

"그거 한두 달 됐는데."

할머니가 옆에 앉아 영감의 눈을 같이 들여다보았다. 인산은 마당 한 켠에 있는 항아리를 열었다. 그리고는 할머니가 들고 있는 바가지에 죽염을 한가득 담아 주었다.

"영감님. 집에 가시면 할마이한테 가마솥 뚜껑 닫고 물이나 한 솥 끓여 달라 하시오."

"그래서?"

"그럼 뚜껑에 물이 맺히지 않소?"

"응."

"그 물을 깨끗한 그릇에 담아 모아서 거기에 새끼손가락만큼 타시오."

"그리고 마셔?"

"눈에 넣어야지요. 알겠소?"

"응. 근데 왜?"

"그대로 두면 눈이 멀어지는 병이오. 그러니 이걸 매일 그렇게 서너 번 하란 말이오. 그럼 깨끗하게 낫소. 내 말이 맞나 틀리나 해봐요."

"내 눈이 멀어져?"

노인이 겁을 먹은 표정으로 인산을 바라보았다.

"그러니까 낫게 해준다는 거 아니오. 알았소?"

"응. 내가 그렇게 해서 영감 눈에 넣어줄께."

"소금 들어가면 따가운데."

"그냥 소금이 아니라 약으로 만든 거니까 그렇게 해봐요. 아시겠소?"

"응. 자네 용타는 거 아니까 내가 시키는 대로 할께. 고마워."

"그리고 그거 남거든 소금대신 쓰고."

"먹어도 되는 거야? 약이라며?"

"약보다 좋은 거요."

할머니는 그가 담아준 회색 소금을 가까이 들여다 보았다.

"거 반짝 반짝한 게 꼭 보석 같구나."

"보석 맞소. 하하하."

"잘 쓸께. 또 올께."

그들이 손을 흔들며 사라졌다.

두 노인은 산길을 타고 내려오는 길에 이문도와 마주쳤다.

"어디 다녀가십니까?"

이문도가 인사를 건네자 두 노인은 고개를 끄덕끄덕하며 히죽 웃었다.

"함지박 쫌 사오는 길이라오 젊은이가 아주 솜씨가 좋아."

그는 함지박을 쳐다보며 고개를 끄덕였다. 그 역시 인산에게 가는 길이었다.

"제가 들어다 드릴까요?"

이문도가 노인에게 손을 뻗자 노인은 한걸음 내려가며 고개를 저었다.

"나는 내려가고 의원님은 올라가는데, 그리고 내가 아직 힘이 세다니까."

"우리 영감 힘세오!"

빠진 이 사이로 웃음을 지으며 손을 저어대던 할머니가 미끄러졌다. 이문도가 할머니를 간신히 잡아 다치지는 않았지만 인산이 준 죽염을 바닥에 엎어 버리고 말았다.

"아이고!"

할머니가 소리치며 주저앉은 채로 죽염을 바가지에 담아댔다. 이문도는 그것이 무엇인지도 모르면서 같이 주어 담아주었다. "에이. 위에 것만 걷어내고 나머지는 그냥 버리고 가야 할 수 있나."

할아버지가 혀를 끌끌 찼다.

"그럼 영감 눈은 뭘로 고치우?"

"이게 눈을 고치는 것입니까? 이게 뭡니까?"

이문도가 할머니를 바라보았다.

"응, 그거 함지박 젊은이가 깨끗한 물에 섞어서 눈에 넣으래. 약소금이라지. 우리 영감 눈병 낫는다잖아요."

이문도는 양손에 가득 담은 죽염을 가만히 들여다보았다. 회색빛이 도는 소금이 반짝였다. 이문도는 혀끝으로 그것을 살짝 대 보았다.

"이걸 어떻게 굽던가요?"

"몰라. 그냥 주길래 받았는데 낫나 안 낫나 두고 보라잖아요."

"마누라, 그만 푸고 가자. 그만큼이면 된다구. 모자라면 더 가서 달라하지."

"예, 그래요."

할머니는 조심스레 바가지를 들고 다시 노인의 뒤를 따랐다.

"의원님이 한 번 물어봐. 우리는 무식해서 뭘로 만드는지 몰라요. 그냥 좋다니까 가져가는 거야."

"예, 어르신. 살펴 가세요. 그리고 할머님, 조금 몸이 아프다 싶으면 오세요. 침 바로 놔 드릴 테니까."

"응, 고마워요."

두 노인은 다시 멀어졌다. 이문도는 손바닥에 붙어 있는 죽염을 다시 들여다보았다. 그리고는 인산의 집으로 계속 향했다.

마당을 보니 인산은 함지박을 깎고 있었다. 힘차게 팔을 뻗을 때마다 통나무는 모양새를 갖춰갔다. 그는 가만히 그것을 지켜보았다. 인산의 표정은 평온하게 보였다. 하지만 그 눈은 많은 생각을 하는 듯했다. 도대체 저 사람 머릿속에는 무엇이 들어있는 것일까.

이문도는 인산이 돌아간 후 이제마와 허준의 의서들을 놓고 씨름을 했다.

물론 인산의 논리에 반박을 할 생각이었다. 자신이 비록 주역을 통달하지 못했다 하더라도 인산은 사상체질을 엎을 만큼 대단한 사람이 아닐 것이라 여겼다. 물론 죽은 사람을 살린 것은 사실이다. 하지만 정통은 올바르다는 말을 해주기 위해 그는 잠을 설치고 피곤한 눈을 치켜뜨며 그렇게 며칠을 견뎌왔던 것이다.

-나는 소양인과 소음인에 관한 사상체질에는 동의 할 수 없다. 비장이 크고 작은 것이 아니라 심장이 크고 작은 것이다. 그러니 사람이 죽을 수밖에.

별안간 이문도는 이제껏 자신의 환자들의 화제를 돌아보았다. 인산의 말이 맞았다. 그는 온몸에 소름이 돋았다. 소양인 소음인은 비장이 아니라 심장을 다뤄야 했다.

이문도는 날이 밝는 대로 인산에게 찾아가리라 마음먹었다.

"잘 있었소?"

이문도가 한참의 침묵을 깨고 마당에 발을 들여 놓았다. 인산이 돌아보았다.

"여 와서 앉지. 반말한다고 억울하거든 그냥 가고."

"하하하"

그들이 웃었다.

"그래, 어쩐 일이야? 골을 내는 통에 두 번 다시 안 올 줄 알았지."

"네 말이 틀렸더라면 골을 내고 싸움을 했겠지."

"자네 말이 맞다."

이문도는 별안간 그에게 절을 했다.

"정말 고맙소"

인산은 갑자기 목이 메여왔다. 의학을 하는 사람 중 그를 처음으로 인정해 주는 자가 나타난 것이다. 인산은 고개를 돌려 함지박을 계속 깎아댔다.

이문도는 인산이 고개를 돌린 이유를 알고는 가만히 웃어보였다. 그리고 소매 춤에서 죽염 알갱이를 보였다.

"이봐, 고집쟁이. 이건 뭔가? 이것도 알려주게."

인산이 이문도를 바라보았다.

"신약."

"응?"

"불가사의한 약이라고 해서 난 그렇게 불러. 신약이라고."

이문도는 다시 손바닥을 들여 보았다.

"소금을?"

인산이 일어났다.

"소금뿐이 아니다. 온 우리나라 천지에 있는 모든 생물체가 신약이다. 볼래?"

그는 드럼통 가까이 다가가 이문도에게 손짓을 했다.

"이게 앞으로 많이 쓰이게 될 거야."

이문도는 시커먼 통 속을 들여다보았다. 잠시 후 쩍 하는 소리가 났다. 그가 돌아보았다. 인산이 쇠가마 속 용해되어 굳은 소금 덩이를 깨고 있었다. 이문도는 인산에게 다가갔다.

"그건 뭔가?"

용융된 소금 덩이를 깨자 회색빛이 도는 광석이 쪼개져 있었다. 이문도는 인산을 한 번 바라보더니 그것을 집었다.

"따뜻하다."

"한참 식혀야 하거든. 그거 천 도가 넘는 온도에서 구워낸 거다. 아홉 번을."

"천도의 열에서 아홉 번이나?"

"그래야 바닷물의 독소가 다 빠지고 순수한 소금이 나오거든. 사람은 염분이 없으면 죽는다. 그런데 그 염분이라고 다 좋은 건 아니거든."

이문도가 다시 소금을 바라보았다.

"봐라."

인산이 하늘을 가리켰다. 이문도도 하늘을 올려보았다.

"저 하늘 넘어 뭐가 있냐."

"별. 달. 해."

"그래, 그리고 우리가 알 수 없는 기운들이 있다. 아마 먼 훗날 그 밖을 나가보면 알겠지."

이문도는 고개를 갸웃했다.

"환자들은 햇볕을 쬐면 건강해진다. 또 소독을 하려거든 빛 좋은 날 살림가지 다 꺼내어 햇볕을 보게 한다."

"그렇지."

"그럼 그 햇볕 속에 무엇이 있을까."

"글쎄. 좋은 공기가 있고 좋은 열이 있으니 소독이 되겠지."

"또 먼지도 있고 병균도 있고."

이문도는 고개를 가만히 끄덕였다.

"그 공기 중에 섞여 있는 것 중에 산삼 분자 황금 분자도 있다."

"그건 또 무슨 이야기야?"

"주역에 의하면 이 지구를 여덟 개로 나누면 우리 한반도는 건곤감리 진태손간의 팔괘 중에서 간 분야에 해당이 되거든. 간방은 생기의 방소이고 이 땅은 가장 많은 양의 활인약분자가 분포되어 있다는 말이야."

"활인신약(神藥)이라면 무엇을 말하는 건가?"

"산삼분자다. 사람을 살리는 약분자. 모든 생명력의 근원이라는 것이다. 그러니 사람을 치유하는데 그만한 재료도 없다는 거다. 나중에 봐라. 우리나라 땅에서 나는 곡식들. 바다에서 나는 물고기들. 그런 거 어느 나라에 가도 그만한 맛과 영양이 좋은 것은 찾을 수 없다. 내가 장담한다."

인산은 다시 하늘을 바라보았다.

"그러니 이 땅에 좋은 기운들이 비가 오면 증발하고 공기 중에 섞인단 말이다. 무지개를 보면 색깔이 참 오묘하지. 그게 역광으로 반사되어지면 육안으로도 보이는 거다. 붉은 색, 황금 색, 푸른 색, 그리고 이것저것 섞여 보이는 검은 색. 그게 우리가 숨 쉬는 공기 중에 섞여 있는 색소들이다. 공기 중에서 수분이 증발 되면 보이는 것이지. 그러니까 황금도 땅속에 있고 산삼도 땅속에 있으니까 그걸 먹으면 사람들의 병이 낫게 되는 거다. 공기 좋은 곳에 사람이 가서 살면 자연 건강해 지는 것이다. 그런데 말이다."

인산이 바닥에 앉았다. 이문도도 어린아이처럼 인산 옆에 쪼그리고 앉았다.

"그 좋은 공기들이 비가 되어 땅에 내려왔어. 그리고 그것이 산을 타며 거기서 좋은 것들을 훑어대며 계곡으로 강으로 바다로 그렇게 간다. 그럼 좋은 것만 훑고 가겠냐. 아니거든. 땅에서 죽은 온갖 동물 쓰레기들 그런 것도 같이 가지고 간단 말이지. 그래도 염전에서 그거 걸러 소금 만든다. 그거 배추에 뿌리고 음식에 넣어 먹고. 응?"

"그렇지."

"그럼 우리는 좋은 것도 먹고 나쁜 것도 먹는단 말이다. 소금에서."

"응."

"그럼 나쁜 거 먹으면 되냐 안 되냐. 안되거든. 그러니 그 나쁜 걸 쏙 빼서 좋은 것만 먹어야 한다는 거야."

"그러니까 소금을 천도가 넘는 온도에서 아홉 번 굽는다?"

"그렇지. 이해 가나?"

"말로는 이해 가지만 이게 좋은 지는 잘 모르겠다."

인산은 손톱만한 죽염을 입에 털어 넣었다. 그리고 으적 씹었다.

"그러면 물이 켤 텐데?"

이문도가 인상을 쓰며 혀를 죽 내밀었다.

"내가 물을 먹나 안 먹나 봐라."

이문도는 잠시 죽염을 쳐다보다 자기도 입에 넣었다.

"그거야 내가 알아보면 되지."

그가 인상을 찌푸렸다. 인산이 웃었다.

"이것을 구울 때는 소나무 대나무 송진 다 필요하다."

"왜?"

"소나무는 화력이 세다. 그렇기 때문에 화력을 더 강하게 해주고 대나무는 독소를 없애는 기운이다. 송진도 마찬가지고."

"아……그렇다."

"그러니 독소가 나가지 버티겠나."

"그럼 이건 어디에 써 먹나? 약이라면 무슨 병에 쓰는 것이지?"

"안 그래도 이걸 연구하고 실험하는 중이다. 이렇게 독성을 제거하면 다른 것으로 변한다. 기체가 되고 액체가 되고 고체가 되면서 다른 성분이 생긴단 말이다."

"그런데 이런 걸 누구한테 배웠냐."

인산은 가만히 생각을 하다 입을 열었다.

"김면섭이란 분이 내 할아바이다."

이문도의 눈이 휘둥그레졌다.

"그 분이 네 조부란 말이냐?"

인산은 고개를 끄덕였다. 이문도가 별안간 인산의 어깨를 쳤다.
"어쩐지. 네가 그냥 약초만 캐러 다닌 꼬맹이였을 리가 없다. 그래 이 방법을 할아버님이 알려주셨구나."
인산은 그저 고개만 끄덕였다.
"나는 오리 보러 갈 테다."
인산이 일어섰다.
"최영감님 댁 오리?"
"오리 사러 가는 거다."
인산이 함지박을 짊어지며 이문도를 바라보았다.
"오리한테 사람 살리는 길이 있다."

며칠 뒤 인산은 그의 마당에 오리 열 마리를 기르기 시작했다. 오리 뇌의 해독작용에 관한 실험을 해보기 위해서였다. 오리는 인산이 만들어 놓은 웅덩이에서 온 몸을 뒹굴며 꽥꽥거렸다. 그는 말뚝을 박아 놓은 틈 사이로 턱을 괴고 오리를 쳐다보았다. 오리는 인산을 쳐다보다가 날개 죽지 옆을 입으로 콕콕 찍어댔다. 인산은 그중 한 마리를 꺼내어 마당에 내려놓았다. 오리는 뒤뚱거리며 먹이를 찾아 헤맸다. 죄다 하루 굶겨 놓은 상태다. 인산은 소량의 유황을 꺼내어 오리를 한 번 쳐다보았다.

-만일 사람이 이것을 먹는다면 죽을 것이다. 하지만 오리에게는 분명 상상 할 수 없는 해독력이 있을 것이다.

인산은 작은 그릇으로 유황가루를 떠서 꾸덕꾸덕하게 마른 보리밥 한 줌에 섞었다. 그리고 그것을 바닥에 내려놓았다. 먹이를 본

오리는 뒤뚱거리며 달려왔다. 오리를 바라보던 인산은 기도하듯 손깍지를 잡았다. 나머지 오리들은 그 한 녀석이 부러운 듯 더욱 꽥꽥거리며 날갯짓 했다. 오리는 유황이 섞인 보리밥을 콕콕 찍어 먹었다. 인산은 숨을 죽이고 그것을 바라보았다. 오리는 고개를 들지도 않고 순식간에 그것을 먹었다. 인산은 미동도 없이 오리만 바라보았다. 순간 오리가 날개를 쫙 펴고 마당을 돌아다녔다. 인산이 벌떡 일어섰다. 그러나 그것은 죽음의 발악이 아닌 다른 먹이를 찾아 뒤뚱거리며 마당을 다니는 것이었다. 인산은 갑자기 웃음을 터뜨렸다.

"하하하하"

그가 하늘을 보고 웃더니 이내 마당에 벌렁 누웠다. 돌아다니던 오리는 인산 쪽으로 오더니 그의 가슴팍에 올라가 날갯짓을 했다. 인산은 오리를 덥석 잡아 안았다.

"살았구나! 살았어! 하하하하!"

인산이 오리를 번쩍 들어 올렸다. 오리는 고개를 죽 빼고 주변을 돌아 보며 날개를 푸드덕 거렸다.

"하하하하. 내 생각이 맞았다! 맞았어. 하하하하"

그의 예상대로 오리의 뇌에는 상상을 초월하는 해독력이 있었다. 그럼 이제 유황독을 얼마큼 견디나 하는 것을 실험할 단계이다. 이 유황을 얼마큼 먹이느냐 하는 것. 그렇게 간에 축척된 유황 약성은 어느 시기에 꺼내어 약으로 만들 수 있는가 하는 것.

인산은 오리를 가만히 쳐다보았다. 오리는 고개를 갸웃하며 인산을 바라보았다. 오리의 까만 눈동자를 바라보니 인산은 별안간 콧등이 시큰거렸다. 그가 어렸을 때 죽은 오리가 생각이 났다. 뒤뚱이라는 이름을 가진 오리. 가회가 준 오리. 그 오리가 죽어 그렇게 슬퍼했는데 이제는 사람의 병을 고치기 위해 그가 오리를 죽여야 한다는 생각에 그는 가슴이 아팠다.

"오리야. 정말 미안하다."

그가 누운 채 오리를 토닥거렸다. 오리는 날갯짓을 하며 돌아다녔다.

그는 삼일 간 오리에게 유황을 먹였다. 소량부터 시작하여 차츰차츰 늘려가는 사이에 오리들은 건강해지는 듯 했다. 오리들은 떼를 지어 다니며 인산의 뒤를 따랐다.

그렇게 며칠이 지났다. 이른 아침 인산이 마당에 나왔을 때 그는 소스라치게 놀랐다. 열 댓 마리의 오리 가운데 세 마리가 죽어있었다.

다섯 마리의 오리들은 사흘 전에 사온 다른 오리였다. 그 오리들은 처음에 유황을 먹고 나서 피똥을 싸기도 했지만 그 양을 줄이고 다시 서서히 늘려갈 무렵에 그 중에서 세 마리가 죽은 것이다. 그가 죽은 오리를 안아 올렸다. 왜 죽었을까. 그가 오리를 쳐다보았다.

"뭐하나?"

이문도가 마당에 들어섰다. 인산이 돌아보자 이문도는 그제야 인산의 손 위에 죽어있는 오리를 발견했다.

"뭔가. 오리가 죽었나?"

이문도가 다가왔다. 인산은 고개를 끄덕였다.

"왜 죽었을까."

이문도가 중얼거렸다.

"요놈들은 풀어 키운 것이 아니라 가둬 키운 집오리다. 방사한 오리하고 다르기 때문에 그런 것 같은데……."

"그럴 수도 있겠다. 가두어 기르면 아무래도 가려 주기 마련이니."

"그럴 거다."

인산이 다시 오리를 내려놓았다.

"그래, 이른 아침부터 무슨 일인가."

"환자를 봐야하는데 아무래도 자네의 도움이 필요해서 왔네. 내 환자는 아니고 어제 돌본 환자에게 들은 이야긴데 그 집에 귀신 씌었다는 소문까지 들린다지 뭔가. 그 집에 들어가면 그냥 쓰러진다는 거야."

"그래서 자네가 한 번 가보겠다는 소린가?"

"환자가 있으니 그러고는 싶은데 솔직히 겁이 나더라고. 그렇다고 해서 그대로 둘 수도 없고. 집안 전체가 돌림병을 앓는 모양일세. 처음에는 그 집 어른부터 시작을 하더니 이제는 그 집안의 종까지 앓아누웠다고 하는데 겁이 나지 뭔가. 그 집에 들어간 의원 하나도 같은 병에 걸려 자리에 누웠다는 이야기가 들리네."

"그래?"

"원인은 모르겠네. 왜 그런지 모르겠어."

"가보세."

한참을 걸어 그 집 앞에 다다랐을 때 그 집의 대문이 활짝 열리면서 노 의원 하나가 줄행랑치듯 집안에서 뛰쳐나왔다.

"아이고 죽겠다! 죽겠어!"

"보시오."

의원은 인산의 부름에도 허겁지겁 달려대기만 했다. 인산이 빠르게 그를 따라 잡았다.

"왜 이러시오?"

의원이 겁먹은 눈빛으로 인산을 바라보았다.

"무슨 일이오? 환자들이 어떤 증상이오?"

"모르겠소. 그냥 그 집안에 한 발 들어서자 이내 온 몸이 딱딱하게 굳는 것 같고 숨통이 죄어드는 것 같아 나온 거요."

의원은 손을 저어대고 돌아섰다. 인산이 빠른 걸음으로 사라지는 의원을 바라볼 때 이문도가 옆에 섰다.

"이상하지?"

"그러게."

"그래도 막연하게 드는 생각이 자네라면 될 것 같다는 생각이야."

"호랭이 굴에 넣어보려 하나? 하하."

"자네가 가면 나도 따라 들어가 보겠네."

"일 없네. 나 혼자 가도 된다."

인산은 손을 저어대고는 그 집 앞에 섰다. 인산이 대문을 열자 이문도도 따라 들어올 심사로 한 걸음 나섰지만 그는 이문도를 지긋이 밀어 놓고는 대문을 닫았다.

"이보게!"

이문도가 대문을 두들겼다. 인산은 이문도의 부름을 뒤로 하고 마당을 가로질렀다.

"계시오?"

그의 목소리는 허공을 가르더니 이내 고요 속에 묻혔다. 사랑채건 안채건 가지런히 놓인 신발들만 보였는데 줄잡아 보니 대략 예닐곱은 방안에 누워있는 듯 했다. 인산은 댓돌 옆에 신발을 벗어 놓고 방문을 열었다. 방 안에서 두 명의 어른이 누운 채 눈알만 굴려 그를 바라보았다. 인산은 정신이 아득해 지는 것을 느꼈다.

-허, 이것 봐라.

그가 눈을 질끈 감고는 정신을 차리기 위해 집중을 했다. 하지만 별안간 사방이 캄캄해지며 무엇인가가 그를 깊은 곳으로 잡아끄는 느낌이 들었다. 이러한 경험은 처음인지라 그는 별안간 공포감을 느꼈다.

-조조도 배나무 동토로 죽었다더니 이건 정말 장난할 것이 아니구나.

그는 손끝에 힘을 모아 겨우 주먹을 쥐었다 폈다를 반복했다. 그렇게 천천히 근육을 움직이면서 정신을 집중시켰다. 그리고 그는 침통을 꺼내어 들고 그것을 한참이고 만지작거리며 손을 놀려보았다. 그렇게 한참을 침통을 비비고 있자니 서서히 근육의 마비가 풀리면서 정신이 맑아졌다. 그의 앞에 누워 있는 노파는 맥없는 눈빛으로 그를 바라보았다. 아무 말 없이 그를 바라보고 있지만 그 속에는 살고자 하는 바람과 죽음에 대한 공포가 가득 차 있었다. 인산은 심호흡을 하더니 이내 노파에게 다가와 앉았다.

"할마이. 정신 차리시오. 이제 살려 줄 테니 정신 놓지 마시오."

그는 노파의 몸에 있는 구급의 중요 혈자리에 침을 놓았다. 그리고 그것을 뽑는 대로 옆에 누운 영감에게 침을 놓았다. 영감에게 침을 놓는 사이 노파는 서서히 몸을 움직이더니 입을 꿈틀거렸다. 그리고 영감에게 침을 다 놓자 어느새 노파는 자리에 일어나 앉아 입을 벌리고 울기 시작했다.

"고맙소, 젊은 의원님, 정말 고맙소!"

노파가 울고 있을 때 영감도 눈을 꿈뻑하더니 손을 들어 올렸다.

그 사이 이문도는 초조한 마음에 발을 구르며 대문 앞에서 서성였다. 한참이 지나자 인산이 나왔다.

"괜찮나?"

이문도가 그의 손을 덥석 잡았다. 인산은 고개를 끄덕였다.

"정말 희한한 걸 다 보네. 자네 품에 있는 돈이 얼마나 있나?"

"돈은 무슨 일로?"

"당장 장에 가서 북어 열다섯 마리만 사다주게."

"그러지."

이문도는 궁금하기도 하지만 그의 말이 끝나자마자 장으로 갔다. 인산은 다시 대문을 닫고는 다른 환자들이 누워있는 방으로 들어갔다. 그는 방에 들어설 때마다 매번 마비가 되는 느낌이 들었지만 그는 근육과 정신을 다듬어 반송장처럼 누워있는 사람들을 하나하나 다 일으켜 세웠다. 그들이 정신이 들 무렵 이문도가 대문을 두드렸다.

인산이 대문을 열자 이문도는 조심스레 마당에 발을 들여놓았다.

"무슨 병이던가?"

이문도의 말이 끝나기가 무섭게 안채에서 노파가 서서 그들을 보고 환하게 웃고 있었다.

"아이고 의원님들. 정말 이 은혜를 어찌 할꼬."

노파는 맨발로 나와 그들에게 넙죽 절했다.

"할마이. 그리 하지 마시고. 아직 다 완쾌 된 게 아니오."

"사흘간을 누워 죽을 날만 기다린 나를 살려 줬는데 절 한 번 못해서야 되겠소."

"그런데 대체 무슨 병인가?"

이문도가 물었다.

"괴이한 역질이다. 내가 이런 괴질은 처음 본다. 나도 온 몸이 마비가 되고 정신이 캄캄해지는 것이 꼭 쓰러질 것 같았다. 그러니 도망친 의원이 똑똑한 것이지 욕 할 것 하나 없다."

인산이 이문도에게 중얼거리듯 말하더니 큰 소리로 노파에게 물었다.

"부엌이 어디오?"

"아이고 부엌일은 아랫것들을 시키면 되는데."

"모두가 아직 낫지 않았단 말이오. 어디오?"

인산은 북어를 받아 들고는 노파가 가리키는 부엌으로 향했다.

"나 좀 도와주게."

그가 솥에 물을 부으며 이문도에게 손짓을 했다.

"이것은 무엇을 하려 하는 건가?"

"동해산 마른 명태 다섯 마리씩 세 번을 고아 먹여야 한다. 그리고 약을 써야지. 약을 쓰면 나을 것이다."

"마른 명태? 다섯 마리를 세 번씩?"

"이 명태라는 놈은 귀신도 쫓는다. 해독제거든."

"괴질에 명태를 고아 먹이라는 소리냐?"

"이 괴질은 몸에 모든 신경이 화가 발작해서 생긴 거다. 이 괴질은 세균으로 볼 때 기허로 인한 역질이다. 원기가 허약해가지고 허냉으로 오는 역질이야. 그런데도 나는 생전 이런 괴질은 처음 본다. 전염병처럼 호흡으로 오는 거라니."

인산이 고개를 절레절레 저어보였다.

"그런데 다섯 마리씩 세 번 고아 먹으라는 것은 무슨 연고냐."

"주역이다. 주역의 삼오 이거지. 소연지수. 삼오는 십오다. 이래서 그 법을 쓰는 거다. 다섯 마리. 세 마리. 세 마리는 삼재. 다섯 마리는 오행. 열다섯 마리는 소연지수. 쉰 마리는 대연지수."

이문도는 북어를 잘게 쪼개다 말고 인산을 바라보았다.

"주역으로 사람을 살린다는 말이냐."

"나는 이러한 방법으로 어렸을 적 독사에 물린 사람을 살린 것이다."

이문도는 다시 한 번 입을 벌리고 인산을 바라보았다.

"네가? 김면섭 어르신이 아니고 네가 그랬단 말이냐."

"누구든 이름 모를 괴질에 쓰러졌다 하면 이 방법을 써라. 확실히 효과가 난다."

이문도는 여전히 넋이 나간 표정으로 인산을 바라보다가 입을 천천히 열었다.

"너는 대체 누구냐······."

이문도의 말에 인산은 못들은 체 하며 북어 끓는 물을 계속 바라보았다.

"이제 역질이 걸렸으니 열이 있을 것이야. 해독탕을 지어야하는데 저 할마이는 소양인. 할아바이는 태음인 저 쪽 방에 있는 사람들은 각각 태음인, 소음인. 태양인은 이 집안에 없다. 어쨌거나 한 번 먹어 낫지 않으니까 해독탕 지어 넣어 줘야 한다."

"너는 신의(神醫)구나."

"응?"

"얼굴만 보아 그 사람의 병세를 알아보니 신의다. 편작(중국 춘추전국시대의 명의 이름)을 신의라 하지 않았더냐. [신의(神醫):눈으로 보아 병을 아는 것. 성의(聖醫):목소리나 앉고 서고 발소리로 병을 아는 것. 공의(公醫):물어보고 알아내는 방법(問診)에 능통한 의원. 교의(巧醫):눌러보아 아는 방법(切診)에 능통한 의원. 명의(名醫):맥을 잡고 감지하는 것(脈診)에 능통한 의원] 그런 자네가 너무 아까울 뿐이야."

"무엇이 아까운가. 오다가다 죽을 사람 살리면 그것이 다행이지. 이 길로 이름을 떨칠 생각은 없네."

"하지만 한 곳에 적을 두고 더 많은 사람을 살릴 수 있는 길이 있는데 대체 왜 숨어 사는지, 이유를 나는 도통 모르겠네."

인산은 그 말에 말없이 북어국을 그릇에 담았다.

"이보게 을룡이."

"응."

"그 산속에서는 그저 네가 좋아하는 오리나 키우고 나와 함께 정식으로 같이 일할 생각은 없나."

"언젠간 그리 하고 싶네."

"그 언제가 언제야?"

인산은 씁쓸하게 웃었다.

-해방이 되고 나서겠지. 왜놈들이 물러가고 나면 말이야.

"그래, 너는 어디서 굴러 들어온 지도 모를 돌팔이를 네 약방에 끌어 들일 생각이냐? 네 말대로 너와 같이 환자를 돌본다 하자. 그건 상관없다. 하지만 나까지 끌어들여 그 작자와 한 곳에 묶어 일을 해보자는 말은 큰 실례야."

이문도는 그의 스승인 양의원을 찾아가 지을룡이라는 사람이 얼마나 훌륭한 의술을 지닌 인물인가 이야기 했다. 그리고 그의 재능이 아까우니 정식으로 공부를 시켜 양의학처럼 병원을 세워보자는 이야기를 하던 참이었다.

"나는 명태국 먹여 사람 살렸다는 의서는 어디에서건 본 적도 없다. 북어는 무당들이 걸어두는 게 아니더냐"

"그 친구는 틀림없는 신의입니다."

"으하하하하."

그의 스승은 오만한 웃음 터뜨렸다.

"문도야. 너는 내가 아주 오래 전부터 주의를 주었건만 변한 것이 하나도 없다. 이성은 어디 갔느냐. 아직도 못 찾았느냐. 아니 어쩌면 너는 애초에 이성이라는 것은 없이 태어난 것이 아니냐. 어찌 환자를 동정심만으로 살필 생각을 하냔 말이다. 그래, 차라리 그 동정심을 환자한테만 쏟아 부으면 다행이다. 조심해라. 착한 마음은 그리

함부로 나가서는 안 되는 것이야. 그러다가 언젠가 후회할 날이 올 것이다. 오늘 네가 한 말은 잊을 테다. 다시는 그런 이야기 내 앞에서 하지 말거라."

이문도는 인산에게 큰 죄를 지은 느낌이 들어 온몸이 죄어들었다. 졸지에 그를 떠돌이 돌팔이 취급을 받게 한 것이다. 스승의 말대로 착한 마음은 반드시 좋은 결과만을 가지고 오는 것이 아님을 깨달았다.

그러나 그날 이후 그는 인산의 집에 오가며 그와 한의학 공부를 같이 하였다. 인산은 이문도에게 의학책을 빌어 보았고 이문도는 인산에게서 의서에도 나와 있지 않은 이야기에 빠져들었다.

그날 인산은 동의보감에서 언급한 약초에 관한 새로운 견해를 이야기 했다.

"그 시대의 약초는 훨씬 더 우수 했을 것이다. 그러니 요만큼 분량에 요렇게 해라 하여 나왔을 것이고. 하지만 세상 갈수록 그게 먹히지 않을 것이다."

"무슨 말인가?"

"경성에는 차도 많이 다닌다고 들었다. 그게 좋은 것을 내뿜는 것이 아니라 사람 죽이는 독을 내뿜고 다니는 것이다. 그러니 그것이 공기 중에 섞이면서 우주 대기에 있다가 비가 쏟아지면 같이 섞여 쏟아지고 그게 땅에 떨어져 다시 증발하고 또 반복되는 것이지. 그럼 사람들의 폐는 더 혹사당하게 되니 호흡기에도 병이 많이 생길 것이다. 그러니 호흡기에는 이러한 약초를 이만큼 써라 하는 것이 안 듣는다는 것이다. 훨씬 더 많이 써야 한다는 소리다."

"응, 그럴 수도 있겠다."

"코쟁이들 나라에서는 이런 속담이 있다 하더라. 언 물고기가 하늘에서 떨어지면 폭풍이 온다."

"그건 또 무슨 말인가."

"진짜로 꽁꽁 얼어붙은 물고기랑 또 살아있거나 죽은 물고기들이 하늘에서 쏟아진다는 이야기가 있다."

"설마."

"진짜다. 그게 태풍이 불며 연못을 훑고 지나가는데 그 소용돌이 바람이 그 연못의 물고기랑 물까지 끌고 올라간다는 것이다. 진짠가 거짓인가 봐라."

이문도는 인산의 말에 눈이 동그랗게 되어서는 계속 말하라는 듯 고개를 끄덕였다.

"그래서 그것들이 저 하늘 높이 올라가고 또 올라가. 그럼 올라가는 사이에 죽는 놈도 있고 또 산채로 너무 높이 올라가서 얼어 버린다는 말이다."

"산채로 얼다니?"

"너 높은 산꼭대기에 얼음이 있는 것 아냐?"

"들어봤다."

"그만큼 올라가면 얼어붙을 것 아니냐. 그런데 그렇게 얼었다가 떨어진다고. 태풍의 힘이 다 떨어지면 그게 그대로 바닥으로 떨어질 것 아니냐. 그러니 산 고기건 얼은 고기건 죽은 것이던 다시 떨어진다는 말이다."

"그럴 수 있을까?"

"있으니 그런 속담도 나오지. 그러니 그것들이 공기 중에 돌아다니면서 세균이 붙고 하면 그게 병균덩어리가 될 것 아니냐."

이문도는 여전히 이해가 안가는 표정으로 인산을 바라보았다.

"코쟁이들이 행성이 지구와 충돌하네 어쩌네 하면서 떠들어 대는 것 너도 들었지?"

"응."

"봐라. 그거 한차례 떠들썩하고 나면 지구에 어김없이 병이 생긴다. 그게 왜 그렇겠냐."

"모르지."

"우주 속 병균을 끌고 들어와서 그렇다는 거다."

"하지만 그게 지구 안에 들어오기 전에 다 녹아 없어질 텐데."

"워낙에 작은 세균들은 중력의 영향을 받지 않는다. 그러니 그게 돌덩이에 붙어서 뚝 떨어지면."

"그게 세균이 되어 번식하며 새로운 병이 생긴다?"

"그럴 수도 있다는 이야기지."

"음."

이문도가 고개를 가만히 끄덕였다.

"내 이러한 이야기는 정말 처음 듣는다."

"그럴 것이다. 앞으로 몇 십 년 가면 저절로 알 수 있겠지만 말이지. 하하."

실제로 인산이 한 이야기는 몇 십 년 후에 서양학자들의 이론으로 떠올랐다. 유성이 떠돌아다니다가 지구에 떨어질 경우 우주 속 혹은 지구 대기 중에 있던 세균덩어리들이 함께 떨어져 새로운 박

테리아가 생긴다는 설. 하지만 인산이 이야기 한 이것은 너무 일찍 그가 알아버린 지라 그의 학설은 미치광이의 괴변으로밖에는 들리지 않았다.

"나는 이 지구에 있는 병과 치료법에 관해서 공부하는 것도 벅차네. 그런데 자네는 온 우주에 다니는 세균까지 섭렵을 할 테세니 내가 따라갈 수가 없어."

"하하."

인산이 웃자 이문도도 웃었다.

"저기 선생님요."

그들이 웃음을 멈추고 돌아보자 마당에는 삼십대 남자가 어린 아들의 손을 잡고 서있었다.

"누구시오?"

인산이 물었다.

"저는 저쪽 건너 마을 사는 김가라고 합니다요."

그는 조용한 목소리로 조심스레 입을 열었다.

"예. 어쩐 일입니까?"

인산이 물었다. 그는 아무 말도 안하고 아들의 손을 잡은 채 아들을 인산의 앞으로 밀어주었다. 인산은 그의 아들을 바라보았다.

"아이의 입이 막혔구만. 귀도 들리지가 않아."

아비는 깜짝 놀라 인산을 바라보았다. 근방에 죽을병도 고치는 괴이한 젊은이가 있다는 말에도 그저 묵묵히 밭이나 갈았다. 하지만 그 소문은 장마가 몰려오듯 점점 더 큰 소문을 끌어 오더니 마침내는 옆집 사람의 병까지 고쳐 주었다. 모든 의원이 죽는다 하여 포기

한 사람이었다.

함지박을 짊어지고 물이나 얻어먹자고 말한 그 젊은이는 대뜸 그 사람에게 침을 놓고 며칠간 약을 먹였다. 그런데 어느 날 병이 나았다. 갈증을 채워준 보답치고는 너무나도 큰 사례였다.

"이 아이는 열병이나 심한 병을 앓고 말문을 닫은 것이 아니오. 이 아이 소화를 잘못시키지 않소?"

인산이 묻자 아이의 아비는 서러운 눈물을 흘려댔다.

"예, 맞습니다. 맞습니다."

아비가 주먹을 쥔 손으로 눈물을 훔치자 아들은 아버지를 슬픈 눈으로 가만히 바라보았다.

"마음의 상처도 많소. 아이가 못 듣고 말 못한다 하여 감정이 없는 것은 아니오."

아이는 인산을 가만히 바라보았다.

"고칠 수 있습니까?"

"아이가 몇 살이오?"

"열 두 살 입니다."

"고칠 수 있소. 하지만 아이가 견디기 힘들 텐데."

"평생을 귀 막고 말문 닫고 살게 하는 것보다 낫습니다. 고통스러워서 이 아비를 원망한다 해도 고쳐주고 싶습니다. 나을 수만 있다면 순간의 원망이 평생의 원망보다는 낫습니다. 그리하겠습니다."

그는 다시 눈물을 흘렸다.

"가난한 집에 태어나서 배불리 먹이지도 못했는데……. 이렇게 그냥 살다 나 죽고 지 어미 죽으면 어찌합니까."

인산은 아이를 가만히 바라보았다. 혈색은 이문도의 말대로 건강해보였지만 영양공급이 충분하지 않아 허한 기운도 없지 않았다.

"우선 이 아이한테 보름간 준비기간을 줘야하오. 이 아이의 기운을 돋아 줘야하오."

인산이 방에 들어가 종이와 붓을 들고 나왔다. 그리고 그것들을 적어 내려갔다.

"이것을 아이에게 보름간 달여 먹이시오."

인산은 계속 글을 쓰며 아이의 아버지에게 말했다.

"그 후에 데리고 오시오. 그리고 하루에 두 시간 정도만 나한테 맡기시오. 내가 그만 됐다고 할 때까지 그렇게 해 주시오."

"예?"

"말을 트게 하려면 아이가 지극한 고통을 감수해야 하오. 그런데 그걸 지켜 볼 수 있냐는 말이오."

아비는 수심이 가득한 얼굴로 아이를 바라보았다.

"여보게. 그게 얼마나 고통이 심하기에 그런 말을 하나."

"뜸을 놓을 거다."

"뜸으로 말문이 열린다는 말이냐?"

"열린다. 이건 확실히 열린다."

그는 곧장 아들 앞에 앉아 그의 얼굴을 어루만졌다.

"선생님. 시키시는 대로 하겠습니다."

보름이 지난 후 그는 아들의 손을 잡고 인산의 마당에 나타났다. 아이는 아버지가 시키는 대로 인산의 앞에 섰고 그 아비는 돌아보고 또 돌아보며 마당을 나섰다. 아이는 그런 아비를 바라보다 울음을 터뜨렸다.

"으어 으어……."

아이의 목구멍 깊은 곳에서 신음 같은 소리가 나왔다. 눈에는 눈물이 그렁그렁하지만 여느 아이처럼 울음을 터뜨리지는 못했다.

인산은 광주리에 쑥을 골라 놓은 것을 가지고 나왔다.

"그건 뭔가."

"이건 쑥이야. 약쑥인데 삼 년을 말려서 이렇게 솜털처럼 생긴 것만 골라내지. 그리고 이걸 뜨는 거야."

"진짜 목화 같구나."

"쑥똥을 빼면 이런 거 나온다. 걸러내고 이걸 뜨는 거지."

"통째로?"

"응."

"나는 통째로 뜬다는 것은 못 봤네. 아니, 자네를 못 믿는다는 말이 아니고."

"나를 못 믿어도 상관없어. 나를 믿어 달라고 하는 게 아니라 쑥을 믿으라는 거이니."

이문도는 눈을 들어 인산을 바라보았다. 그는 쌀 알 크기부터 밤톨만한 것을 만들어 부지런히 옆에 놓았다.

"쑥은 영험한 거야. 얼마나 영험한지 이걸 꾸준하게 뜨면 극락에 다녀온 느낌이 든다니까. 몸이 개운해지는 게 이것 보다 좋은 약은 없다. 얼마나 좋으냐면 몸 좋아지려고 다른 보약을 해 먹어도 차도를 못 느껴. 왜냐. 이만한 효험을 못 내니 그런 거다. 이건 일종의 종교 의식 같은 거야. 뭐 그렇다고 어디에 대고 빌라는 게 아니고 마음가짐이 그렇다는 거지."

인산은 이문도의 쑥을 쳐다보았다. 그는 인산에게 밤톨만한 크기의 쑥을 펼쳐 보였다.

"약쑥이면 되는 거지?"

"아니지. 약쑥이라도 다 그 성분이 다르다. 어떤 건 효험이 떨어지고 어떤 것은 열이 지나치게 세서 화독이 될 수 있단 말이다. 쑥 종류가 백 가지가 넘는데 그 중에서 싸주아리쑥으로 떠야 좋다."

"싸주아리쑥?"

"강화에 나는 쑥이다. 이만한 효력을 내는 건 없다."

"그건 왜 그런가?"

"감로(甘露) 머금은 해풍을 맞고 자라 그렇지. 침투력이 아주 무섭다. 그냥 그 약기운이 몸을 파고 들어가는 거야."

"이게 그건가?"

"응. 오래 묵을수록 좋아 저렇게 광에 한 가득 놔두었다."

이문도는 손바닥에 올린 쑥을 다시 한 번 들여다보았다.

"그래, 이것으로 어떻게 한다는 말인가. 뜸으로 입이 트인다는 것은 정말 믿지 못할 노릇이다."

"폐는 금장부라 소리를 주관하는 곳이다. 폐신경은 인후신경과 혀신경에 아주 긴밀하게 연결이 되어 있단 말이다. 그럼 어디에 뜸을 두냐. 중완, 관원에 뜨는 거다."

"두 곳을 동시에?"

"아니다. 열은 위로 올라가니까 잘못하면 화독에 걸릴 수 있거든.

불이 내뿜는 독 말이다. 그러니 그걸 주의해야하지."

"그럼 어디 혈자리가 가장 중요한가?"

"중완혈."

"중완이라……. 어디서 그런 것을 알았나?"

"자네도 뜸을 떠보게. 그럼 머리가 열리면서 우주가 온전히 보일 테니. 하하하."

인산이 웃었지만 이문도는 여전히 의구심에 찬 표정으로 그의 손끝만 바라보았다.

"중완혈에 뜨면 토의 기운이 금 기운을 세워준다. 토생금. 그럼 혀끝까지 그 기운이 뻗쳐 신경이 움직이는 거지."

"그럼 다른 병은? 다른 병도 이 뜸으로 고칠 수 있나?"

"만병통치라 할 수 있지. 나는 뜸의 효험을 알고 또 확신한다. 그건 내가 직접 경험해 본 터라 더욱 그렇다."

"내일도 오겠네. 내가 말했지 않나. 자네는 내 스승이라고."

"그건 나도 마찬가지지. 자네도 나한테 많은 것을 알려주니까."

이문도는 겸연쩍어하는 표정으로 마당에 서있었으나 인산이 들어간 방문은 금세 닫혔다. 그는 몹시도 궁금하여 그곳에 같이 자리하고 싶었지만 어쩐지 방해가 될지도 모른다는 생각에 그 호기심을 억제하고 발길을 돌렸다.

며칠이 지나자 산골에서는 괴물 같은 괴성이 들렸다. 아이를 지켜보던 이문도는 아이가 질러대는 비명소리에 방바닥에 엎드려버렸다. 비명소리 때문이 아니라 아이의 입에서 소리가 터져 나왔기 때문이다. 그 소리 또한 단지 놀라움이나 공포로 질러대는 소리와는 다르게 뱃속 깊은 곳에서 솟아 나오는 외침이었다.
 그는 두 눈을 껌뻑이며 인산과 아이를 번갈아 보았다.
 "요란 떨지 마라. 요란 떨지 마. 아이가 놀란다. 요란 떨지 마라."
 인산이 조용조용 이문도에게 손짓을 하자 이문도는 입을 막으며 고개를 끄덕였다. 이윽고 뜸을 뜬 자리에는 고름과 까만 피가 쏟아져 나왔다. 이문도는 놀란 눈으로 그것을 바라보았지만 옆에 있는 헝겊을 인산에게 건네주었다.
 "옳거니. 네가 알긴 아는구나."
 인산이 이문도를 보며 웃어보였다.
 "그 고름하고 피는 뭔가?"
 "뭐긴 요놈들이 귀를 막고 혀를 막고 있던 놈들이지."
 이문도는 능숙하게 고름을 닦아내는 인산의 손놀림을 보며 고개를 끄덕였다.
 밖에서는 아이의 어머니가 아들의 비명 소리에 괴로워 마당에 엎드려 덩달아 울기만 했다.
 "그냥 데리고 가요, 그냥 데리고 갈 테요."
 아이의 어머니가 통곡을 하며 남편의 팔에 매달려 울부짖었다. 그 역시 얼굴에는 눈물이 범벅 되었지만 고개를 흔들었다.
 "나는 믿는단 말이오. 그러니 우리 조금만 참읍시다. 저 아이가 괴로워 운다 생각 하지 마오. 우리 아들은 비명조차 지를 줄 모르던 아이가 아니었소?"
 그의 아내는 마치 벼락이 정수리에 박힌 듯 동공의 움직임 조차 멈추었다.

 비명조차 못 지르던 아이. 맞다. 그런 아이가 깊은 뱃속에서 소리를 끌어내고 있다. 비록 괴물이 울부짖는 소리로 들리지만 태어나면서부터 단 한 번도 소리를 내지 못한 아이가 입이 트인 것이다. 아들이 말을 하게 되었다. 이제 말문이 트인 것이다. 열두 해 만에 말문이 트인 것이다.

 인산은 그 아이가 완전한 말을 할 수 있을 때까지 날마다 두 시간씩 뜸을 떴다. 죽을 듯이 비명을 질러대던 아이가 어느 날부터인지 편안한 얼굴로 바뀌었다. 인산은 그런 아이의 머리를 어루만졌다. 아이는 눈을 천천히 깜박거리더니 잠이 든 듯 고른 숨을 내쉬었다. 인산은 고개를 가만히 끄덕였다.

 -구름 위로 나는 중이냐. 기분이 어떠냐.

 그가 가만히 웃음 지으며 안도의 숨을 내쉬었다.

 그로부터 얼마 후 소년이 살던 마을에서는 소문이 돌았다.

 젊은 도사가 벙어리 아이를 고쳤다고 했다. 아이는 도사가 피우는 연기를 쬐고 나서 말문이 트였다는 말에 사람들은 입을 벌렸다.

 "그 도사가 저녁에 들어가서 새벽에 나왔는데 한 보름 지나 아침이 되니 아이가 말을 한다는 거야."

 "벙어리가 말을 했다는 말이야?"

 "그렇다니까. 내친김에 아주 글까지 배웠다는 소문이야."

 "그래? 아이가 말도 하고 글도 배웠단 말이야?"

 "그러니까 도사라는 거지."

"그럼 그 도사가 대체 어디에 사나?"

"그야 도사니까 산골에 살겠지. 하지만 아무한테나 나타나지는 않을걸?"

"심보가 고약한 놈한테는 벌을 주겠지."

"응. 그러니 도사지."

그런 소문은 돌고 돌아 여기저기서 연기를 피우는 도사를 찾아다니는 사람들이 온 사방을 다녔다.

그 시간에 인산의 집에는 아이의 부모가 인사차 들렀다. 아이의 어머니는 머리에 떡을 한 광주리 이고 와서는 바닥에 엎드려 절을 했다.

"고맙습니다……."

아이가 어눌한 말투로 인산에게 절을 했다. 그 모습을 보던 그의 어머니는 내내 눈물만 흘렸다.

"이제 여기 올 일은 없을 테니 잘 키우시오."

인산의 말에 그녀는 눈물을 훔치며 고개만 끄덕끄덕했다.

"그럼 살펴가시오."

모자는 허리를 굽혀 인사를 하고 또 두어 걸음가다 인사를 하며 멀어졌다. 옆에 있던 이문도는 다리에 힘이 빠져 허공을 바라보았다.

"거 먹고 살기도 힘든 집안인데 무슨 떡을 해왔나 몰라."

인산이 떡을 집어 이문도의 코앞에 들었다. 그러나 이문도는 인산의 얼굴만 물끄러미 바라보며 고개를 설레설레 저어보였다.

"도대체……자네라는 사람은……. 도대체……."

"나를 보지 말고 약쑥을 보란 말이야."

"이봐, 을룡이."

"응."

"나와 우리 집에 가세."

"뭣 하러?"

"우리 어머니 눈 좀 봐주게. 전에 자네가 그랬지? 우리 처음 본날 어머니 눈도 고칠 수 있다구."

"안구가 있는 사람은 고칠 수 있지."

"그러니 봐주게."

이문도는 애걸하는 눈빛으로 인산을 바라보았다.

"어머님 연세가 어찌되셨나."

인산이 콩가루가 묻은 손을 털어내며 물었다.

"오십 팔세."

"응. 그럼 좀 힘들긴 해도 되겠다. 그런데 억지로는 안 할 테야. 어머님이 원하면 할 것이고, 아니면 안 할 거다."

"해다오. 우리 어머니 눈뜨게 해다오. 어머니도 간절히 원하신다."

이문도의 눈에는 눈물이 금세 그렁그렁 맺혔다.

"너도 할 수 있는 거다. 누구나 할 수 있는 거다."

"설마."

"나는 나만 알고 죽으려는 사람이 아니다. 누구나 다 의원이 될 수 있는 거다. 온 세상 천지에 약재가 깔려 있는데 그걸 쓰는 방법만 알려주는 거야. 다른 건 없다. 그러니 너도 할 수 있는 거다."

인산은 이문도를 가만히 바라보았다. "어머님은 몸이 냉한 기운일 것이다."

"그래, 그렇다."
"그러니 더 할 수 없이 좋은 것이야. 석 달이면 분명히 앞이 보인다 하실 거다."

며칠 뒤 인산은 이문도의 어머니에게 뜸을 올려놓았다. 쌀알 크기는 그래도 견뎠지만 그것이 콩알 크기가 되니 그 고통은 점점 더 크게 다가왔다.
"마음을 편안하게 가지십시오. 뜨겁다 하여 몸에 힘을 주면 더 고통이 크다 했잖습니까. 그러니 좋은 생각하시고."
그러나 그녀는 끙끙 앓는 소리를 어금니 깊은 속에 감춰두며 땀을 흘렸다. 인산은 붓을 들어 재가 된 쑥을 조심스레 털어 냈다.
"생각해 보시오. 이제 하늘을 볼 수 있고 지는 해도 볼 수 있고 밤의 달도 볼 수 있소. 그러니 얼마나 좋은 날이 기다리고 있다는 말입니까."
"아아……맞다. 그렇구나. 맞아요."
이문도의 어머니는 그제야 입가에 희미한 웃음을 보였다.
한 시간이 지났다.
인산은 붓을 정리하며 이문도를 바라보았다.
"뜸을 해도 체력이 지치는 건 당연하다. 이제 주무실 것이다."
이문도는 무릎을 꿇은 그대로 기어가 어머니 앞에 앉았다. 그리고 가만히 어머니의 손을 잡았다. 손이 움찔거렸지만 아들의 손을 가만히 잡고 고른 숨을 내쉬었다.

이문도는 그날 이후 인산의 움직임을 그대로 숙지하며 어머니의 옆에 앉아 있었다. 연기 속에서 같이 눈물을 흘리며 어금니를 악물고 어머니의 손을 잡고 엎드려 울기도 하고 지쳐서 벽에 기댄 채 눈을 감기도 했다.

정말 이상했다. 썩은 고름을 흘리는 환자들을 부지기수로 봐왔고 뜸도 놓고 환부를 긁어내고 그보다 더한 것을 했지만 어찌된 게 어머니라는 이유 하나로 그는 애초에 의술이란 없었던 사람처럼 손이 떨렸다.

-내가 그간 환자들을 차별했다는 의미인가.

그는 벌벌 떨고 있는 손끝을 바라보며 숨을 멈췄다.

-부끄럽다. 그간 나 역시 을롱이 못지않게 불쌍한 마음과 낫게 하고자 하는 마음으로 환자를 대해왔다고 자부했는데 이런 일이 생기다니.

그러나 그것은 어머니를 사랑하는 자식의 마음이었다.

"이상하다."

며칠이 지난 뒤였다.

"예?"

이문도의 어머니가 그를 가만히 쳐다보았다.

"시원하다. 이 머리에 구멍이 뚫린 것처럼 시원해."

-아, 이게 무통이라는 거구나.

이문도는 더욱 부지런히 뜸을 올리기 시작했다. 무통이 오는 경우 뜸을 더욱 많이 뜨라는 인산의 말 때문이다.

"진짜 안 아프시지요?"

"응. 편하다. 아주 편해."

그는 다시 눈물이 왈칵 쏟아졌다.

"문도야."

"예, 어머니."

"졸립다."

"주무세요."

"그래……고맙다."

석 달이 지났다.

곰서방이 인산의 집 마루턱에 걸터앉아 물을 들이켰다.

"변대장님이 자네를 만나고 싶어 하시네."

그는 연거푸 세 그릇의 물을 비우며 인산을 바라보았다.

"대장님은 지금 어디 계시오?"

"경찰서 습격한 이후로 계속 금강산에 머물고 계시지. 자네에게 긴히 전할 이야기가 있는 모양일세. 여기까지 올 때 혹시 나도 어찌 될지 모르니 그 내용은 대장님만 알고 계신다네."

"그럼 가야겠소."

인산이 일어설 때 이문도가 들어왔다.

"여보게! 어머니가 보인다고 하시네! 앞이 보인다고 하셔!"

이문도는 그 말을 하며 울음을 터뜨렸다. 인산은 그 말에 어린아이처럼 환하게 웃었다.

"거 봐라. 내 말이 맞지, 이놈아! 하하하."

"그래, 자네 말이 맞네. 자네 말이 맞아. 어허허헝. 고맙네. 고마워!"
그들의 말에 곰서방은 멀뚱히 두 사람을 번갈아 보았다.
"자. 갑시다."
인산이 자리에서 일어나자 이문도는 고개를 번쩍 들었다.
"어딜 가나?"
"어디 좀 가지. 내가 돌아오지 않더라도 섭섭하게 생각지 말게. 나야 원래 그런 놈이니까. 하하. 갑시다."
곰서방은 물을 마저 마시고 자리에서 일어났다.
"언제 오나? 어머니가 자네를 만나고 싶어 하시는데."
인산은 잠시 그를 바라보았다.
"내가 다시 돌아오면 꼭 자네를 찾을 것이야. 어머님도 뵐 것이고. 그러니 그동안 건강하게 잘 지내고 있게. 알았나?"
"한건 한 모양이군."
곰서방이 고개를 끄덕이며 이문도를 바라보았다.
"음……. 이렇게 눈물이 범벅된 것을 보니 아주 크게 한 건을 한 모양이야. 그럼 안녕히 계시오."
곰서방은 이문도의 어깨를 다시 한 번 두들겨 주었다.
"이봐! 그렇게 가는 법이 어디 있나?"
그러나 인산과 곰서방은 바람을 타고 가는 듯 그가 따라가면 따라 갈수록 점점 더 멀어졌다.
"꼭 돌아와야 하네! 꼭!"
멀리서 그의 목소리가 들려오자 인산은 그제야 돌아서서 손을 크게 흔들어주었다.

"꼭 서방을 기다리는 아낙 같군 그래."
곰서방이 덩달아 손을 흔들며 중얼거렸다.

제 3 장

　　　인산에게 가해지는 고문은 날마다 더해지더니 어느 날부터 서서히 뜸해졌다. 재판부에서 인산을 징역 삼년에 노역장으로 보내기로 판결을 낸 것이다.
　　　"죽으라는 소리지 그게 뭔가. 어떻게 그 몸으로 노동을 시키냔 말이다. 건강한 사람도 만신창이가 될 텐데."
　　　끌려가는 인산의 뒷모습을 보며 그들은 이를 갈았다.
　　　"그나마 다행이라고 하던걸. 애기 들었지 않나. 왜놈 장교 부인의 태가 닫힌 걸 을룡이가 고쳐줬다고 하잖아."
　　　"을룡이기? 그럴 리가 없소. 왜놈이라면 이를 가는 사람이 어찌 그럴 수 있단 말이오?"
　　　"당연히 고칠 생각이 없었지. 그런데 생각을 해보게. 저 아이가 사람이 병들어 괴로워하는 것을 보기만 하는 아인가? 어떻게 해서든 고치고 말지."

"야."

다례는 남편의 목소리에 바느질을 하다 말고 돌아보았다. 그는 방바닥에 누워 반쯤 감은 눈으로 다례를 쳐다보고 있었다.

"너 나랑 어디 좀 가자."

"예?"

"일어나."

그는 벌써 일어나 문을 나섰다. 다례도 엉겁결에 그를 따라 일어섰다. 그는 양손을 바지 주머니에 넣고 어슬렁거리며 걸었고 다례는 서너 걸음 떨어진 채 그의 발뒤꿈치만 쳐다보며 종종걸음으로 따랐다. 그는 길을 가면서 다례를 돌아보았는데 그 때마다 눈이 마주친 다례는 움찔거리며 걸음을 주춤했다. 그러나 오늘은 위협적이지도 눈알을 부라리며 욕지거리를 하지도 않았다. 그저 기분이 좋은 듯

슬렁슬렁 걸을 뿐이었다. 다례는 이상하다고 생각했지만 오늘은 왜 때리지 않냐고 또 어디를 가는 것이냐고 물을 수도 없었다.

"따라와."

그가 이층짜리 일본식 건물 앞에 서서 다례에게 고갯짓 했다.

"직업……소개소."

다례가 더듬거리며 간판을 읽었다.

"지랄을 하네."

남편이 다례를 노려보았다. 다례는 다시 움찔거렸다. 그가 계단을 올라서자 다례도 그를 따라 올랐다. 허름해 보이는 사무실 안에는 다례 또래보다 어린 여성들부터 열 살은 많아 보이는 아낙들이 가득했다.

"여기가 뭐하는 곳이요?"

다례가 겁먹은 표정으로 남편의 팔을 가만히 잡았다. 그는 팔을 휘저어 빼더니 쯧하는 소리만 내었다. 그는 담당자로 보이는 나이든 여성에게 가서는 무엇인가를 이야기 했고 다례는 겁먹은 표정으로 또래의 여자들을 바라보았다.

"돈 벌러 가는 곳이야."

그녀의 옆에 있는 여성이 속눈썹을 손가락으로 만지며 말했다.

"돈이요?"

"응. 지금 전쟁 중이잖아. 그러니 일손이 필요하잖니."

"여자들이 전쟁터에 가나요?"

"어머. 미쳤니? 전쟁터에 나가게. 우리는 공장가는 거야."

"공장에서 일을 하면 돈을 주나요?"

"응. 준다고 하더라."

그녀는 그렇게 대답했지만 돈에도 일에도 관심 없는 듯 속눈썹만 계속 만지작거리며 거울을 꺼내들었다.

"여자들만 가는 거라고요?"

"그렇다니까 그러네."

그녀는 귀찮아졌다는 듯이 짜증이 섞인 말투로 내뱉었다. 그 때 남편이 다례를 불렀다. 다례는 버릇처럼 한 걸음에 뛰어 그 옆에 섰다.

"야, 너 공장 갈래 말래. 가면 돈 번다. 너 혼자 가는 거다."

"참말이야요?"

다례는 돈이라는 말보다 혼자라는 말에 가슴이 뛰었다.

"그렇다니까."

혼자다. 남편 없이. 이 사람과 떨어져서 살 수 있는 길이 있다는 소리고 이 사람이 그렇게 해준다는 말이다.

"갈 테요."

다례가 고개를 끄덕해 보였다. 그 모습에 그는 히죽 웃어 보이며 자리에서 일어났다. 다례는 일어서는 그를 잡으며 다시 물었다.

"정말 나 혼자 가는 거지요? 예?"

"그렇다니까. 남자들은 받아주지도 않아."

"어딘데요? 어디로 멀리 가는 거야요?"

"나야 모르지. 무슨 철을 깎는 공장이라나 뭐라나."

다례는 고개를 끄덕이며 안심했다. 혼자다. 게다가 남자는 안 되고 멀리 간다. 다례는 별안간 가슴이 탁 트이는 기분이 들었다.

-그래, 어차피 이 사람도 나와는 살기 싫어하니 이러한 길을 선택한 것이지. 내가 버는 돈을 달라고 해도 선뜻 내어 줄 수도 있어. 당신이라는 사람만 없다면 말이야.

"언제부터요?"

다례가 책상머리에 앉은 여성에게 물었다.

"뭐 오늘이라도."

"그럼 집에 가서 물건이라도 챙겨 와야 할 것 아니오. 옷가지나. 뭐."

"그런 건 필요 없소. 새로 다 줄 테니."

담당자는 다례를 힐끗 쳐다보며 대답했다.

"번호표 줄 테니 잃어버리지 마시오. 우선 저기 가서 기다려요."

다례는 함박 웃으며 고개를 끄덕였다. 그녀의 남편은 그런 다례를 힐끔 쳐다보더니 이내 사무실을 빠져 나갔다.

다례는 서너 시간을 기다린 끝에 군부대 트럭에 올라탔다. 그녀 앞에는 학생 둘이 손을 잡고 기대에 찬 모습으로 앉아 있었다.

"너는 공부를 그만 두기에는 너무 아까운데 어찌 이 일을 하려 하니?"

친구가 걱정스러운 눈빛으로 말을 건넸다.

"공부보다 돈을 버는 것이 더 중요하다는 생각이 들었다. 봐라. 이제 돈 없으면 살 수 없는 세상이 될 테니. 아버지 말이 맞다. 공부가 다는 아니라는 거."

"그래도 아깝긴 하다. 손도 그리 고은 데 험한 일을 하다가는 금세 상할 것이다."

"상관없다. 나는 가난한 것은 이제 징그럽다. 악착같이 돈이나 벌 테다."

다례는 고개를 끄덕였다.

-맞아. 돈이 있어야 하지. 우리 집도 돈이 있었다면 그리 되지는 않았을 거야. 돈이 있었다면 나도 이리 되지는 않았을 것이고. 나도 돈을 벌 테다. 많이. 이제부터 난 다르게 살 거야. 보석처럼 살 테다.

다례는 트럭이 꿈틀거리며 앞으로 나가자 기대에 찬 표정으로 천막 밖에서 손을 흔들어대는 사람들을 바라보았다.

트럭은 한참을 달리다가 밤이 되었을 무렵 멈추었다. 도착지라 생각 되었지만 그곳에서 다섯 명의 여성들을 다시 태우고는 달리기 시작했다.

"멀리 간다 하지만 참말로 멀다."

다례가 중얼거렸다.

"배도 고프다……"

다례 옆에 있던 처녀도 중얼거렸다.

"그래도 우리가 있었던 곳 보다는 나은 곳일게요. 우리는 배가 고파 도망까지 쳤어요."

새로 합류한 여성들 중 하나가 고개를 저어대며 입을 열었다. 그러자 일제히 그들을 바라보았다.

"뭐하던 곳이었는데요?"

"탄피를 만들었어요. 일도 너무 힘이 들고. 간단한 것이라고 했지만 정말 쉴 틈도 주지 않고 밥도 쥐새끼가 먹을 만큼만 주지 뭐예요. 그래서 부엌에서 몰래 찬밥을 퍼먹기도 했고, 들킨 아이들은 죽지 않을 만큼 매질을 당하고."

그 말을 하자 옆에 있는 동료가 치를 떨었다.

"죽기 살기로 다른 곳으로 보내 달라 애원했어요. 그런데 어찌된 일인지 그렇게 하라고 하지 뭐예요. 정말 다행이요."

"맞아요. 처음엔 돈을 벌 생각으로 왔었는데 돈은 고사하고 집에서 살았을 때 보다 더 배가 고파 혀를 깨물고 죽으려고 했었지요."

다례는 입을 반쯤 벌리고 고개를 끄덕끄덕했다.

"그런데 이 차가 어디로 가는 건지 아오?"

"글쎄요. 뭐 전보다는 나은 곳이라는 것 밖에는 몰라요."

"아마 중국으로 갈걸?"

속눈썹을 다듬던 여자가 턱을 괴며 눈을 감았다. 모두가 눈이 동그랗게 되어서 그녀를 바라보았다.

"중국이요? 그렇게나 멀리?"

"어머나. 나는 몰랐어요. 멀리 간다 해도 조선이려니 했지 그리 멀 줄은 정말 몰랐어요."

누군가가 울상을 지으며 발을 굴렸다. 그녀가 동요하자 여기저기서 울음을 터뜨리기 시작했다.

"이럴 줄 알았으면 우리 아버지 따뜻한 밥 한 그릇이라도 올리고 오는 건데."

"그럼 우리는 중국에 갔다가 언제나 올 수 있는 거요?"

다례가 물었다.

"그야 모르지. 우리는 돈이나 벌면 되니까. 돈 벌고 그만 하면 됐구나 싶을 때 돌아가겠다고 하면 되는 거 아니야? 어차피 우리는 고용이 된 것이고 그들은 우리한테 삯을 줘야하니 가겠다고 하면 보내줘야지."

"가면 알겠지요 뭐. 최소한 몇 달은 있어야 한다는 말이 있을지도 모르니까."

"그래도 난 돌아가지 않을 테요."

다례가 무릎을 감싸 안으며 중얼거렸다.

"왜?"

"조선에 돌아가더라도 절대로 집에는 가지 않을 테요."

"너 그 우락부락한 사내가 네 남편이지?"

속눈썹 여성이 다례에게 물었다.

"예."

다례가 대답을 하더니 고개를 묻어버렸다. 다례는 인산을 떠올렸다. 그녀는 이 트럭에 올라타면서부터 반드시 보석이 되어 인산 앞에 나타나리라 결심했다.

직업소개소에 가서 지장을 찍고 무서운 남편에게 벗어난다는 것 하나로 그녀는 세상의 자유를 느끼는 듯 했다.

-나는 반드시 돈을 벌어 나를 귀하게 여기며 살 것이오. 아무도 무시 못하게 살 것이오. 그렇게 부지런히 돈을 모아 가회 아가씨처럼 숙녀의 모습으로 운룡 오라바이 앞에 나타나서 나를 칭찬해 달라고 할 테요. 보시오 오라바이. 나는 보석처럼 살고 있소. 정말 보석이 되었소. 그러면 오라바이는 그 착한 미소를 지으며 고개를 끄덕끄덕 해주겠지요. 참 잘했구나. 정말 참 잘 살았구나.

다례는 그 시간부터 언젠가 만나게 될 인산을 상상하며 먼 길의 고통스러움을 버텨내기 시작했다.

"얼마나 더 가야하나. 배고파 죽겠어."

그 때 차가 서서히 멈췄다. 소곤거리고 수다를 떨던 그녀들은 일제히 입을 다물고 긴장을 했다. 이윽고 차에서 누군가가 내리더니 천막을 걷었다.

"주먹밥이다."

군복을 입은 남자는 광주리를 트럭 안에 넣었다. 그녀들은 그것을 받아들고 나누기 시작했다.

"여기서 삼십분 쉬었다 간다."

여자들은 허리를 죽 펴고 하나 둘씩 트럭에서 내렸다.

그렇게 꼬박 사흘을 달려 도착한 곳은 군부대였다. 그녀들은 어리둥절한 표정으로 서로를 바라보다가 가려진 천막 사이를 내다보았다. 군인들의 호령소리와 함성소리가 여기저기서 퍼져 나왔다.

"내려라."

천막이 걷혀지자 그녀들은 눈부신 햇볕아래 얼굴을 찌푸렸다.

"빨리, 빨리 내려!"

그녀들은 위협적인 목소리에 서둘러 차에서 내렸다. 하나같이 오래 앉아 있어서 인지 땅을 딛자마자 휘청거렸다. 그녀들은 서로를 잡아주며 주변을 둘러보았다.

"공장이 아닌가 봐요. 왜 우리가 부대에 왔지요? 우리도 전쟁에 나가야 하나요?"

누군가가 말하자 모두가 겁에 질린 표정이 되어서는 주변을 둘러보았다.

"저거 백두산 아니야?"

여자들이 죄다 한 곳을 바라보았다.

"백두산이네. 여기 조선인가?"

"중국이라고 하던데."

"그럼 백두산과 가까운 곳 인가봐."

그녀들이 속닥거릴 때 배싹 마른 군인이 날카로운 표정으로 그녀들 앞에 섰다.

"인원 점검한 후 숙소를 배정한다."

다례가 꿈을 꾸던 새로운 세상의 통로가 지옥으로 변하는 순간이었다.

■　　　■　　　■

"뭘 그리 빤히 쳐다보오?"

가회가 화신백화점 앞에서 걸음을 멈췄다. 현섭은 가회의 말에 어깨를 으쓱해 보이며 웃었다.

"네가 예뻐 그렇다."

"기분 나쁘오."

가회가 현섭을 쏘아보았다.

"예쁘다는 말에도 기분이 나쁘냐."

"그렇다 했지 않소. 내가 눈요기 거리라도 되는 줄 아시오?"

"봐라 가회야. 너를 쳐다보는 사람이 나뿐이냐."

"상종 못하겠소. 혼자 다니시오. 저기가 화신백화점이니 난 할마이가 부탁한 대로 한 거요."

가회는 더 이상 말하기 싫다는 듯 손을 저어대고 돌아섰다. 현섭이 가회의 앞을 막아섰다. 가회는 그런 현섭을 빤히 쳐다보았다.

"운룡이가 누구냐."

"그건 알아 뭐하오?"

가회가 그를 다시 쏘아보았다.

"네가 나를 꺼리는 것이 그 아이 때문이 아니냐."

"흥."

가회가 콧방귀를 끼며 웃었다.

"보시오. 현섭 오라바이. 그런 말은 두 사람을 두고 갈등을 할 때나 하는 말이오. 아시겠소? 아무런 감흥도 없는 사람과 내 마음 속에 있는 사람이 무슨 상관이 있소?"

"가회야. 나는 너와 혼인을 할 사람이다."

가회는 현섭을 밀어 쳤다.

"그런 말도 목 빠지게 미래의 낭군이나 기다리는 여성한테 하는 말이오. 두 번 다시 그런 말 하지 마시오."

가회는 손까지 부들부들 떨어대며 노려보았다. 현섭은 그럼에도 그런 가회의 모습이 사랑스럽다는 듯 웃어버렸다.

"나는 신여성이 뭐하는 것인지는 잘 모른다. 하지만 가회야. 난 네가 하고 싶은 일은 하게 도울 것이다. 그것이 공부건 사회활동이건 네가 원하는 것은 다 해줄 것이다."

가회는 현섭의 코앞에 섰다.

"정말이시오? 정말 그리 해준다면 내 당신의 아내가 기꺼이 되어 드리리다……. 이럴 줄 아셨소? 보시오. 내가 무엇이 부족하여 당신의 힘을 빌어 공부를 하고 사회활동을 한단 말이오. 그런 생각을 하는 당신이라는 사람 자체가 끔찍하게 싫으니 신여성이건 구여성이건 알아서 찾기 바라오."

"이제 얼마 안 있다가는 강제적으로 끌고 간다한다."

"무엇을 말이오?"

"혼인하지 않은 여성들을 일제가 강제적으로 잡아다가 정신대로 보낸다는 말이다."

"협박하는 말이오?"

"협박이 아니라 사실을 말하는 것이다. 그것을 협박으로 받아들인다는 것 자체가 위협을 느끼고 있다는 말이 아니냐. 나는 네가 그런 두려움에 있는 것도 싫다."

가회는 팔짱을 낀 채 시선을 돌렸다. 그 말도 사실이다. 하지만 그것이야말로 도피가 아니던가.

"네가 찾는 아이가 김운룡 아니냐."

"맞소."

"의주보통학교 학생으로 열여섯 나이로 만주에 간 김운룡."

가회는 침을 꼴딱 삼키며 현섭의 입만 바라보았다.

"그 아이의 소식을 아오?"

"알다마다. 내 백방으로 알아보았다."

"어디 있소? 조선에 왔소?"

"가회야. 그 아이는 열일곱의 나이로 멈추었다."

"뭐요?"

현섭은 짧은 한숨을 쉬며 이마를 긁었다. 난감하면서도 뭔가가 해결된 듯 한 표정으로 그렇게 서 있다가 가회를 다시 바라보았다. 가회는 불안한 눈빛으로 현섭에게 다가와 그의 팔을 잡았다. 현섭은 움찔하며 가회의 태도에 당황했다.

"말하시오. 그 아이가 어찌됐소?"

"여태 열일곱이라 했지 않느냐. 그 이듬해 죽었다 한다."

가회는 그 말에 귀가 멍해지더니 다리에 힘이 죽 빠져 버렸다.

"그럴 리가 없소. 그 아이는 그렇게 갈 아이가 아니오. 오라바이가 일부러 그런 말을 지어낸 것 아니오?"

"가회야. 왜 나를 그리 치사한 인간으로 밖에 생각을 하지 못하는 거냐. 대체 내 진심은 왜 보려 하지 않는 거냐. 응?"

"그렇다면 왜 이런 이야기를 나한테 하는 거요."

"이제 나를 보아 달라는 말이다. 그 아이는 이 세상에 없다는 말이다. 죽었단 말이다. 모화산 부대에 있던 사람에게 직접 들었다."

가회는 바닥에 주저앉았다. 길거리를 가던 사람들은 가회를 쳐다보며 바삐 걸었고 현섭은 흐느껴 울어대는 가회의 등을 어루만졌다.

■   ■   ■

"지을룡이 놈들에게 잡혔다 하오! 지금 춘천교도소로 이송 중에 있다 들었소."

독립군 본부의 문을 박차며 송 선생이 절규하듯 외쳤다.

"을룡이가 잡혔다고?"

변대장이 벌떡 일어나 사색이 되어 되물었다. 혜무는 양손으로 입을 가리며 주저앉았다.

"이런……"

변대장이 자리에 다시 털썩 주저앉으며 중얼거렸다.

"어쩌지요? 을룡이 어쩌지요?"

혜무가 충혈 된 눈으로 사람들을 바라보았다. 그들은 모두가 아무 말 없이 고개를 떨구고 있었다.

인산은 이문도의 어머니가 눈을 뜨던 날 곰서방과 함께 금강산으로 향했다. 변대장과 그의 일원들은 철원 경찰서를 습격한 이후 금강산에 은둔하고 있었다.

"어려운 걸음을 했네. 아무래도 자네밖에 보낼 수가 없었어."

변대장은 인산에게 편지를 건네주며 철원에 갈 것을 명령했다. 그는 아무런 망설임 없이 곧장 철원에 잡혀 있는 동료들의 동태를 살펴보기 위해 움직였다. 철원에 주재한 일본군들은 한바탕 독립군들에게 혼쭐이 난 뒤로 터라 경계태세를 더욱 삼엄하게 갖추었으므로 섣불리 움직이다가는 그 또한 위험에 빠질 것은 당연했다. 하지만 인산이 중요한 만큼 그곳에 남겨진 동료들 또한 소중했기에 변대장은 발 빠르고 지혜로운 인산에게 그것을 맡긴 것이다.

인산은 철원으로 가는 길에서 그나마 검문이 덜한 곳을 택했다. 늘 그랬듯이 밤에 움직였고 낮에는 숨어 지냈다. 그간에도 마을에서 만난 환자들을 치료하고 살리며 험난하고 고된 여정을 계속했다. 지나가던 명의가 사람을 살렸다는 소문이 마을에서 무성해질 무렵 인산은 어느 새 다른 곳으로 이동을 한 후였고 또다시 그 마을에서 그에 관한 소문이 날 때면 다시 다른 곳으로 떠난 후였다. 그렇게 며칠간 그가 지나간 곳에는 바람처럼 나타나 사람을 고치고 사라지는 젊은 청년에 관한 이야기가 퍼져나갔다.

"거, 목매달았던 여자 있잖아. 박가네 며느리 말이야. 그 젊은이가 배에 뜸을 떠서 살렸다고 하잖아. 완전히 캑하고 숨이 떨어져 가는데 말이야."

"닭 벼슬 피를 먹였다던데?"

"그거 먹이고 뜸떴어. 그랬더니 살았잖아. 이제 며느리가 독한 것도 알았으니 그 시어미 인간이 되어야 할 텐데 말이야."

"난 내 딸이 그런 집 며느리로 들어간다면 내가 목을 매버릴 거야."

"예끼!"

인산이 금화에 도착했을 무렵이었다. 그곳에는 며칠 전 독립군 하나가 체포된 일이 있었다. 때문에 그의 얼굴을 확인하기 위해 일본 앞잡이 형사인 이희룡이 그곳을 방문하기로 했다. 그것을 알 리 없는 인산은 곰서방이 마련해준 여비로 철원으로 가는 기차를 탔다. 이희룡 역시 인산이 있는 것을 모르고 기차에 올랐다. 인산은 사람들 사이에서 동료들의 신변을 염려하느라 골똘히 생각에 잠겨 있었다. 그 때 이희룡이 그곳을 지나가다 인산의 얼굴을 보고 되돌아 왔다.

"어이. 지을룡."

이희룡이 그를 부르자 인산은 무심코 고개를 돌려 그를 바라보았다.

별안간 등골에서 땀이 났다. 오도가도 못 한 채 그가 잡힌 것이다.

"변창호가 어디 있냔 말이다!"

"낸들 아나? 그 돌대가리 형사 탓에 네놈이 더 고생이구나. 그 새끼가 잠잠히 미행이라도 했으면 꿩 먹고 알 먹을 일을 저 혼자 설쳐 대니 일을 힘들게 만들었다. 그놈이 중간에 끼어들어 나를 이리로 모셔왔으니 나도 그 분이 어디 있는지 알 수가 없다."

고문관은 인산의 머리채를 흔들며 괴성을 질러댔다. 하지만 인산은 혀와 귀가 없는 사람처럼 허공만 주시했다. 그를 노려보던 고문관은 충혈 된 눈을 불쑥 인산의 눈앞에 들이댔다.

"……말해주면 내가 너는 놓아주마. 약속한다."

"퉤!"

"으악!"

그는 인산이 침을 뱉자 얼굴을 감싸 쥐며 주저앉았다.

"이놈이 입에 뭔가가 있다! 입에 뭔가를 넣은 거야!"

"그가 바닥을 뒹굴며 손짓을 하자 주변의 순사들이 인산에게 달려가 그의 입을 억지로 벌렸다. 하지만 아무 것도 없었다.

"더 벌려봐라!"

"없습니다."

넘어진 고문관은 수건으로 얼굴을 닦으며 다시 인산의 앞에 섰다.

"분명히 뭔가가 있어. 침이 아니다. 독이란 말이다. 얼굴 껍질이 벗겨질 것처럼 따가웠단 말이야!"

"내 침이 원래 그렇다. 인간 같지 않은 놈한테는 더 그렇지. 하하."

"뭐야? 이놈을 당장!"

그가 인산의 머리털을 다시 움켜쥐었다.

"그 말이 맞는 소리긴 합니다."

나이가 제일 어린 순사가 입을 열었다. 고문관이 그를 바라보았다.

"뭐라?"

"작년에 제가 듣기로는 그 자가 중국인 국수집에서 어떤 사람과 내기를 했는데 서른 그릇을 먹어 치웠다고 합니다. 그 국수 가락이 죄다 물처럼 녹으면서 끊임없이 마시는데, 나중에는 그 집 주인이 돈도 안 받고 제발 가달라고 했다던데요."

고문관은 어린 순사를 노려보았다.

"그걸 말이라고 하는 거냐? 엉?"

어린 순사는 고개를 숙여버렸지만 인산은 다시 웃었다.

"그럼 또 뱉어 보랴? 하하하."

인산이 큰소리로 웃었다. 인산의 침은 그 몸에 독을 뿜어내는 사람처럼 강한 독성이 있었다. 아무도 믿지 않겠지만 어릴 적 독사에게 물렸는데 인산을 문 뱀이 되레 꿈틀거리며 입을 벌리고 죽은 이야기가 있다. 동네 꼬마들은 뱀이 인산을 물자 비명을 질러대며 어른들을 불러왔지만 인산에게 달려온 사람들은 그를 보자 기겁을 하고 말았다. 여섯 살 난 꼬마였던 그는 자기를 문 뱀이 괘씸하다는 듯 죽어버린 뱀의 꼬리를 잡아 뱅뱅 돌리고 있었기 때문이다.

"그래, 네가 나를 네 침으로 녹여 죽이나, 내가 네 놈을 죽이나 한 번 해보자."

그가 팔을 걷어붙이고 인산에게 다가왔다. 고문관은 독기서린 눈으로 가장 잔인하고 혹독한 고문으로 인산의 목구멍 깊숙한 곳에서 비명이 나오게 만들었다. 아무리 힘이 좋고 용기가 있는 사람일지라도 견디기 힘든 것이었다. 발톱에 대나무를 끼어 뽑아버리고 맨살을 도려내며 온갖 잔인한 고문을 그에게 가했다. 그가 그러한 고문을 한 것은 변창호의 행방을 캐내는 것보다 괴이한 소문이 무성했던 인산의 실체에 대한 두려움에서였다.

인산의 몸은 순식간에 만신창이가 되었다. 발톱은 죄다 빠지고 허벅지에서는 피고름이 나왔다. 그쯤 되면 대부분의 사람들은 기절을 함에도 불구하고 인산은 지독한 고통 속에서도 의식이 남아있었다.

"독한 놈이다. 아주 독해."

인산을 고문하던 자가 고개를 절레절레 저어대며 침을 뱉었다. 인산은 피투성이가 된 채 그를 노려보았다. 그 모습에 그는 소름이 돋아 한걸음 물러섰다.

"이놈한테 물 한 모금 주지 마!"

철창이 닫히는 소리가 났다. 인산은 그제야 고개를 떨어뜨리고 거친 숨을 몰아쉬었다.

-물 안 먹는다고 내가 죽을 줄 아냐. 내가 그리 쉽게 죽을 줄 아냐. 절대로 난 안 죽는다. 나는 죽지 않는다.

인산은 그대로 감방에 던져졌다.

"을룡이다."

사방에 흩어져 있던 사람들이 그에게 다가와 그를 감싸 안았다. 그는 그들과 눈이 마주치자마자 곧 의식을 잃었다.

"을룡아! 을룡아!"

그를 아는 사람들이건 알지 못하는 사람이건 그의 뺨을 두드리며 피투성이가 된 발을 보고 울분을 토했다. 인산은 그 상태로 이틀 간 눈을 뜨지 못했다.

그 사이 고문을 받아 상한 피부는 점점 썩어 들어가 피부 속에 단단히 자리를 잡았고 썩은 냄새가 진동했다. 며칠 후 여기저기서 신음을 하고 누워 있는 사람들과 엎드려 울고 있는 소리에 눈을 떴다.

그와 함께 수감되어 있는 사람들 대부분이 독립투사였다. 그들은 인산보다 나이가 어린 사람들부터 고령의 노인까지 그 계층이 다양했고, 그만큼 많은 사람들이 죽어나갔다. 아침까지만 해도 숨이 붙어 있던 사람들이 불과 몇 시간이 채 안되어 숨을 거두자 그들 사이에는 분노와 공포가 몰려왔다.

밤사이 끌려갔던 한 노인이 숨만 겨우 붙은 채 던져졌다. 인산은 심한 고통에 한쪽 다리를 끌고 그에게 다가갔다.

"정신 차리시오!"

그가 노인의 손을 주물렀다. 그리고 바짓단에 숨겨 놓았던 침을 꺼내어 그의 인중에 놓자 노인은 나지막한 신음소리를 내었다. 주변에 있던 사람들은 눈동자만 굴려 그것을 바라보았지만 어느 누구 하나 말 할 힘도 남아 있지 않은 듯 그저 지켜만 볼 뿐이었다. 인산이 노인에게 다시 침을 놓으려 할 때 그가 인산의 손을 힘없이 잡았다.

"……그만 두시게."

인산이 노인을 바라보았다.

"살고 싶지 않아. 내 몸이 고통스러워서 삶을 놓고 싶은 것이 아니라 내 나라가 이렇게 된 것을 더 이상 보고 싶지 않아."

"안됩니다. 그럴수록 살아야지요. 살아서 나라가 독립되는 것을 보셔야지요."

"이젠 싫다……. 나는 그게 싫어졌어."

노인의 눈가에 눈물이 흘러나왔다.

"나를 그냥 내버려 둬. 그게 나를 위한 거야. 나는 내일 다시 받는 고문보다 독립되지 못한 조국을 내일 다시 봐야한다는 것이 더 괴롭네."

사람들은 하나 둘 씩 흐느껴 울었다.

"살아야 합니다. 반드시 살아야 합니다. 그게 저놈들을 이기는 것입니다."

"그 분을 그냥 놔두시오."

누군가가 나지막하게 말했다. 인산이 돌아보았다. 눈물이 가득고인 그 사람은 인산을 가만히 보며 고개를 끄덕였다.

"그 분이 그것을 원하신다 하지 않소……."

인산은 눈물을 흘렸다. 그것은 어릴 적 두꺼비와 짱구와 벅찬 가슴으로 만주 땅을 밟았을 때의 감정과 교차된 것이었다. 여전히 나라의 운명은 풍전등화였고 사기 충만했던 어렸을 적의 영웅심은 이러한 현실 앞에 서서히 자취를 감추기 시작했다. 발버둥을 쳐도 목숨을 바쳐도 바뀌지 않는 조국의 운명과 그 앞에 죽어가는 수많은 사람들을 보니 별안간 서러움이 밀려왔다. 인산이 어깨를 들먹이며 울음을 토하기 시작할 무렵 노인은 나지막하게 노래를 불렀다.

"나 이제 왔으니 내 집을 찾아. 주여 나를 받으사 맞아 주소서……"

장로의 신분으로 독립 운동을 하던 노인은 그가 이리로 온 이후로 가장 평안한 모습으로 허공을 바라보며 찬송가를 불렀고 그와 들어온 젊은 청년은 그에게 다가가 손을 잡고 엎드려 눈물을 흘렸다. 노인은 별안간 환한 웃음을 짓더니 허공을 향해 양손을 벌렸다. 그리고 한동안 그렇게 있더니 이내 크게 숨을 몰아쉬고는 양손을 힘없이 바닥에 떨어뜨렸다.

"장로님!"

청년이 절규했다. 사람들은 다시 서러운 듯 울음을 터뜨렸고 인산 역시 바닥에 그대로 얼굴을 묻고 눈물을 흘렸다.

그렇게 삼 개월이 흘렀다.

인산에게 가해지는 고문은 날마다 더해지더니 어느 날부터 서서히 뜸해졌다. 재판부에서 인산을 징역 삼 년에 노역장으로 보내기로 판결을 낸 것이다.

"죽으라는 소리지 그게 뭔가. 어떻게 그 몸으로 노동을 시키냔 말이다. 건강한 사람도 만신창이가 될 텐데."

끌려가는 인산의 뒷모습을 보며 그들은 이를 갈았다.

"그나마 다행이라고 하던걸. 애기 들었지 않나. 왜놈 장교 부인의 태가 닫힌 걸 을룡이가 고쳐줬다고 하잖아."

"을룡이가? 그럴 리가 없소. 왜놈이라면 이를 가는 사람이 어찌 그럴 수 있단 말이오?"

"당연히 고칠 생각이 없었지. 그런데 생각을 해보게. 저 아이가 사람이 병들어 괴로워하는 것을 보기만 하는 아인가? 어떻게 해서든 고치고 말지."

"그래서 고쳐 준거요?"

"장교가 빌고 그 여편네가 울고 하여간 제발 살려달라고 했나 보더라. 을룡이가 못들은 체하고 눈도 안 마주치다가 마음이 바뀌었는지 화제만 알려줬다고 하더라. 그리고 얼마 전에 아이를 가졌다고 하지. 아마 그 장교가 딴에는 은혜를 갚으려고 그나마 십 년도 넘을 형량을 삼년으로 줄여 달라고 했다는 말이 있어."

"그걸 을룡이가 아나요?"

"알면 혀라도 물었지."

"……그건 그렇겠네요."

그들은 멀어지는 인산을 바라보며 동시에 긴 한숨을 내쉬었다.

"아무리 체력 좋고 몇 십 명을 맨손으로 때려 눕힌 을룡이라도 노역장에 가면 분명……."

"그만 생각합시다."

맞은 편 건물에서는 일본 장교 부부가 노역장으로 향하는 트럭에 올라탄 인산을 바라보고 있었다. 장교의 아내는 수심에 찬 얼굴이었다.

"그나마 다행이니 그리 섭섭하게 생각하지 마시오. 나로서도 최선을 다한 것이니."

장교가 중얼거리자 그의 아내는 냉정한 표정이 되었다.

"그래도 은인인데 어떻게 그럴 수 있나요."

"우리에게는 은인이라도 저 자는 죄인이오. 수배 중이었던 범죄자란 말이오."

"그것 참 우습네요. 저 사람이 대체 무슨 죄가 있나요. 나라를 빼앗겼으니 자기 나라를 위해 몸부림을 치는 것은 당연한 것이 아닌가요."

"여보!"

그가 주변을 둘러보았다.

"어찌 장교의 아내로서 그런 말을 할 수 있단 말이오."

"장교의 아내이기 때문에 하는 말입니다. 당신이라면 그러지 않을 것 같나요? 그건 나라를 생각하는 국민으로서 당연한 것이지요. 그러니 우리는 천벌을 받을 거예요. 은혜를 원수로 갚다니. 충분히 빼낼 수 있어도 그 사람에게……"

"그만 하시오!"

그가 소리쳤다.

"우리는 은인에게 그 은혜를 되갚아야 한다고 배워온 국민이 아닌가요?"

"그만하라니까!"

장교는 노기어린 눈으로 그녀를 바라보았다.

"……지을룡이다."

노역장에서 허리를 펴며 한 사람이 중얼거렸다. 주변에 있던 많은 사람들이 고개를 들었다.

"을룡이가 여기 오다니."

그들은 인산이 호송되어 내려오는 것을 지켜봤다.

"어쩌다가 이렇게 됐을까."

"그러게 말이야."

그들의 말을 듣던 한 사람은 말없이 다시 삽을 들었다.

"자네는 왜 아무 말도 하지 않는가?"

"슬퍼서 그렇다네. 을룡이 마저 이곳에 오게 됐다는 사실이 너무 슬프네."

그는 이를 악물며 돌아섰다.

노역장에 투입된 인산은 그 시간부터 고된 노동에 들어갔다. 썩어 들어가는 허벅지는 그 고통이 너무 심해 이젠 감각조차 잃어가고 있었다. 그나마 빠진 발톱 위로는 새 발톱이 자라고 있기 했지만 흙바람이 스쳐 지나갈 때마다 주저앉기 일쑤였다.

찌는 더위와 쉼 없는 노동은 사람들을 더욱 지치게 만들었고 때문에 심한 갈증을 느끼는 것은 말할 것도 없었다. 탈진하여 쓰러지는 사람들을 볼 때마다 그는 그가 만든 죽염이 떠올랐다.

-이대로 있을 수는 없다. 저렇게 병이 드는 것을 보고 있을 수만은 없어.

그는 노역장 근처 야산에 시선을 두며 생각에 잠겼다.

그러나 노역장에 있는 동안에는 철저하게 노동을 하는 죄수로 살았다. 의도적으로 탈출할 시기를 넘보지 않았고 밤마다 그곳의 지형을 알아보며 숨기 좋은 곳을 알려고 하지도 않았다.
 그가 온 이후 긴장을 하던 감시자들마저도 그가 그렇게 지내는 것이 의아했다. 얼마 후 인산은 야산에 여기저기 피어있는 약초를 발견할 때마다 어김없이 캐내어 허리춤에 챙겼다. 처음에는 그의 행동에 그간 방심했던 경비들은 촉각을 세웠지만 밤마다 동료들에게 그것을 짓이겨 상처에 발라주는 것을 보며 별다른 신경을 쓰지 않았다.

 몇 개월 후 일본인 장교가 인산을 찾아 왔다. 인산은 지친 몸을 끌고 그가 기다리고 있는 건물로 들어섰다. 교도관 사무실에는 장교와 교도관 그리고 그의 아내가 앉아 있었다. 장교는 인산이 들어오자 교도관에게 자리를 비워 달라는 듯 그를 바라보았다. 교도관은 못마땅한 표정으로 그를 힐끔 보며 천천히 일어섰다.
 "아무리 장교님이라 해도 삼십 분 이상은 봐 드릴 수 없습니다."
 "알았다 하지 않았소."
 그가 냉정한 말투로 교도관을 바라보았다. 그가 나가자 장교의 아내가 허리 굽혀 인사를 했다. 인산은 무표정한 시선으로 그들을 바라보았다. 장교의 아내는 고름과 피딱지가 들러붙은 인산의 발가락을 보고 놀라 입을 막았다. 그리고 남편을 바라보았다.
 "아내가 벌써 육 개월에 접어들었소. 고맙소."
 인산은 아무 말도 하지 않았다. 그들은 그런 인산의 침묵에 잠시 긴장을 했다. 장교는 인산을 바라보았고 장교의 아내는 그런 남편을 힐끔 쳐다보았다. 이윽고 인산이 입을 열었다.
"그 말을 하러 온 거요?"
"그게……."
"내가 여기서 시간을 보내는 동안 다른 사람들은 내 몫까지 일을 해야 하오. 할 말을 다 했으면 이만 돌아가겠소."
인산이 돌아서자 장교가 그의 팔을 잡았다. 인산은 눈을 치켜뜨며 그를 쳐다보았다. 그 눈빛에 장교는 잠시 할 말을 잃은 듯 숨을 멈추었다.
"뭐요?"
"아, 그게……."
그가 주춤하자 장교의 아내가 입을 열었다.
"무엇이라도 도움을 드리고 싶습니다. 할 수 있는 범위 안에서 어떻게든 해 볼 테니 원하는 것이 있으시면……."
"미쳤구나."
부부는 서로를 바라보았다.
"착각 하지 마라. 내 일생일대의 후회는 왜놈들의 청을 들어줬다는 것이니 고마운 마음 자체가 역겹다."
인산은 그 말을 남기고 돌아섰다. 장교는 그 말에 분한 듯 주먹을 쥐었지만 그의 아내는 고개를 숙였다.

감옥에 있었을 때도 그랬듯이 이곳에서도 수많은 사람들이 죽어 나갔다. 죽어버린 사람의 시신은 도축장에서 버려진 내장처럼 아무렇게나 던져져서 화장을 시켰고 그 때마다 살타는 냄새가 온천지에 진동했다.

　인산이 그것을 처참한 시선으로 바라보고 있을 때 누군가가 중얼거리듯 말했다.

　"그나마 여름이라 저렇게 하지 대부분은 구덩이에 던진다. 나도 언젠가 저렇게 되겠지. 그전에 독립이 된다면 얼마나 좋을까. 독립만 된다면 살 수 있을 텐데. 나는 야비한 사람으로 변해가고 있어. 독립이 소원이었는데 날마다 저런 것을 보니 이제는 살고 싶다는 생각밖에 없네. 살아남는 것이 내 소원이 되어버렸어."

　삼십 대 남자가 희미한 웃음을 지었다.

　"그것이 왜놈들의 계략이오."

　그가 인산을 바라보았다.

　"우리가 누구요. 독립만 바라면서 집안에 앉아 있던 사람은 결코 아니었소. 독립만 된다면 목숨과도 바꿀 준비가 되어있던 사람이었소. 그런데 지금 당신처럼 그저 살고자 하는 바람만 갖게 되고 있소. 그것은 당신이 야비해서가 아니라 그들의 책략에 넘어가고 있을 뿐이오. 인간의 본성을 찌르는 것이오. 그러니 정신 차리시오. 여기서 죽어 나가는 것은 그들의 바람대로 될 뿐이니."

　"자네는 이곳에 온지 얼마나 됐나."

　"이제 일 년이 되가오."

　"나도 그때는 그렇게 생각했지. 살아남자. 살아서 이곳을 빠져 나가 다시 독립운동을 하자. 여기가 아니라면 만주 러시아 미국이건 어디에 가던 대한의 독립을 위해 일하자. 하지만……이제는 그런 희망도 서서히 없어지고 있어. 일 년이 넘어가고 이 년이 되어가니. 이제는 아무런 희망도 없고 그저 내 몸의 숨이 끊어지지 않기만 바랄 뿐이야. 자네도 마찬가지고."

"두고 보시오. 저렇게 되지는 않을 것이니."

"이봐. 지금 저기 죽어나간 사람이 어떤 사람인 줄 아나? 나라 찾는다고 뱃속의 아이 얼굴조차 보지 못한 사람이야. 나라 빼앗기고 그길로 독립 운동에 뛰어든 사람이야. 누구보다도 이곳에서 살고자 하는 의지가 있었던 사람이었고 또 늘 탈출을 꾀하던 사람이었어. 그런데 봐라. 죽었다. 너무나 비참하게 죽어버렸다. 그것도 너무나 갑자기. 어느 날 갑자기 저렇게 숨이 끊어져 버린 거야. 그러니 겪어 보지 못했다면 아무 말도 하지 말게. 훗날 웃음거리만 될 것이니."

"그러한 생각이 결국은 당신을 죽게 만들 것이오. 이 환경이 아니라 결국은 그러한 생각이 죽음으로 몰아버린다는 말이오. 적어도 저 사람은 숨이 떨어지기 직전까지 나라의 독립과 이곳을 빠져나갈 생각을 하던 이요. 갑자기 찾아온 죽음 앞에서도 그저 오늘의 목숨을 아쉬워하던 사람은 결코 아니었을 것이오."

인산은 다시 돌을 짊어졌다.

-나는 이곳에서 절대로 생을 마치지 않을 것이다. 절대로.

혹독한 추위가 물러가고 봄날이 시작되었다. 따듯한 햇살이 비춰졌다. 노역장에서 감시를 하던 자는 슬슬 감겨오는 눈을 껌뻑거리며 어금니를 물고 하품을 참아냈다. 그리고 얼마 후 졸아대기 시작했다.

인산은 그런 그를 곁눈으로 지켜보았다. 그는 슬쩍 곁길로 몸을 숙이며 그대로 노역장을 빠져나갔다.

인산의 탈출 조짐을 보고 있던 오십대 남자가 인산의 행동을 눈치 챘다. 그는 심한 종창으로 고생을 하고 있었을 때 인산의 의술로 소생한 사람이었다. 그는 노역장을 도망치는 인산보다 마음이 더 졸여왔다. 행여 감시자가 눈을 번쩍 뜨고 인산에게 총이라도 겨누지 않을까하는 생각에 허공에 괭이질을 하며 인산과 감시자를 곁눈으로 바라보았다. 인산이 뒤를 돌아보았다. 그러자 그는 눈짓을 하며 어서 가라는 듯 감시자의 시야를 가리며 괭이질을 했다. 인산 역시 그에게 눈인사를 짧게 하고 그대로 철조망을 건너 힘껏 뛰었다. 그가 멀리 사라지자 괭이질하던 남자는 희미한 웃음을 지으며 돌을 골라냈다. 그의 웃음은 서서히 환해지면서 노래까지 불러댔다.

인산이 노역장을 빠져나간 것은 보초병은 물론이고 그와 함께 일을 하던 동료들조차 알지 못했다. 워낙에 묵묵히 노동만 하던 탓이었다. 그런 그가 어느 순간 갑자기 사라졌음을 알고 그곳은 발칵 뒤집혔다. 그러나 그때는 이미 그가 그곳을 탈출한 지 반나절이나 지난 후의 일이었다. 뒤늦게 인산의 뒤를 쫓는 무리들과 그가 숨었을 법한 곳을 수색하기 시작했지만 삼일 후 그는 이미 묘향산 끄트머리에서 긴 안도의 숨을 쉬고 있었다.

일 년 육 개월 만에 탈출을 한 것이다.

■   ■   ■

다례는 한 평 남짓한 공간의 낡은 나무 침대 위에 누워 허공을 바라보았다. 많은 눈물을 흘린 탓에 이제는 울지 않아도 눈가가 따가웠다. 그녀의 머리맡에는 이전에 이 방에 머물었던 여자가 남긴 흔적이 남아 있었다. 손톱으로 몇 명의 남자들이 다녀갔는가를 센 것이다. 하루에 줄잡아 스무 명 정도였다. 다례는 그녀만큼은 아니지만 아랫배가 욱신 쑤시고 일어 설 힘도 없을 만큼의 남자들을 받아왔다. 의식을 잃으면 물을 끼얹었고 뺨을 맞기도 하며 구토를 하면 머리끄덩이를 잡아 당기기도 했다. 그렇게 정신을 차리면 좁은 공간에 땀 냄새와 남자들의 오물 냄새가 진동을 했다. 처음에는 죽을 듯이 반항하고 손톱을 세우고 이를 드러냈지만 그것이 하루 가고 삼일이 지나 한 달이 되어가니 그저 익숙한 하루로 다가와 버렸다. 익숙한 나날이 된 것이다. 뇌에 나사를 박아 놓은 듯 생각이 멈춰버렸다. 삶에 대한 생각도 귀찮아졌고 앞으로의 계획이란 없었다. 눈을 뜨면 다시 어제가 반복되는 삶이 계속 이어질 뿐이었다.

엊그제는 옆방에 있던 열일곱의 소녀가 자살을 했다. 다례와 같이 이곳에 도착한 소녀였다. 학업을 그만두고 돈을 벌어야 한다고 말했던 그 소녀가 목을 매고 죽었다는 말에 그들은 입을 막고 울음을 터뜨렸다.

"하지만 난 살고 싶어."

그녀의 친구가 중얼거리며 흐느껴 울었다. 다례는 그저 두 팔을 늘어뜨린 채 그녀를 바라보다가 다시 숙소로 가서 누웠다.

―죽을 수 있을까. 나도 그 아이처럼 죽을 수 있을까.

다례는 얼굴을 가렸다.

―무서워. 죽는 건 무서워.

별안간 육년 전의 일이 떠올랐다. 범현이 떠났을 때 인산의 집 부

옆에서 목을 매달았던 그 해. 그때는 절망이라는 감정에 빠질 여유조차 없었다. 이제 살 필요가 없으니 인산이 없는 틈에 목을 매야겠다는 계산도 필요하지 않았다. 멀리 떨어진 곳에 혼자라는 생각이 무서워 인산에게 왔다. 그리고 그냥 죽어야 한다는 생각이 났다. 그래서 목을 맸다. 그 소녀도 그러했을 것이다. 생을 지금 끝내야한다는 생각밖에 들지 않았을 것이다.

그러나 이상했다. 지금은 그렇지 않다는 것이다. 남편에게 죽을 듯이 맞고 살았을 때에는 왜 목을 매달고 싶은 생각이 나지 않았을까. 그저 도망이나 치는 것이 고작이었다. 그렇게 사는 것이 어쩌면 자신이 마땅히 받아야 하는 것이라고 생각되었다. 그만한 대가를 치를 만하다고 생각했다. 남편을 속였기 때문에 당연히 그 정도의 학대는 받아도 된다는 생각이었다. 그렇지만 보석 같이 살라는 인산의 말이 떠오르자 다례는 내가 과연 이만한 고통을 받을 만큼 잘못을 저지른 것일까 하는 생각도 들었다. 오히려 나는 죄가 없다고 울부짖고 싶은 마음이 간절했다. 하지만 그렇게 하지 못했다. 그때도 지옥 같았지만 지금에 비하면 견딜 수 있는 고통이었음은 분명했다.

그런데 왜 그때와 지금은 죽고 싶은 생각이 들지 않을까. 정말 이상하리만큼 죽고 싶다는 생각이 들지 않았다. 정말 이상한 일이다. 범현이 떠났을 때 보다, 남편에게 죽을 듯이 맞았을 때보다 지금이 살만하다는 말일까.

다례가 목숨을 끊고 싶지 않은 이유는 단 하나였다. 인산 때문이다. 그렇다. 그 사람의 얼굴이라도 한 번 보는 것이 이제는 살고자 하는 희망이 되어버렸다.

　-그렇구나. 내가 지금 버티는 것은 운룡 오라바이 때문이다. 운룡 오라바이. 나는 이렇게 살고 있소. 그래도 내가 보석이 될 수 있을까요.

　다례는 웃음이 나왔다. 그녀는 별안간 깔깔 소리를 내며 웃음을 터뜨렸다. 하지만 그 웃음은 서서히 울음소리로 바뀌었고 이내 바닥을 구르며 울부짖었다.

　다례는 지금의 자신의 존재는 그야말로 허공을 떠다니는 먼지 같았다. 먼지가 무슨 생각이 있고 계획이 있으며 희망과 절망이 있단 말인가. 허공을 떠돌아다니다 바닥에 떨어지고 바람이 불면 다시 허공을 떠다니면 그만이다. 어디서 왔는지, 어떻게 되는지, 아까 봤던 그 먼지가 어디로 갔는지 생각해 주는 사람은 없다.

　-이제는 나는 아무 것도 되지 못 할 것이오. 오라바이. 그래도 나를 언젠가 보게 된다면 무서운 표정으로 나를 보지 말아주시오. 이젠 그것이 나의 소원이 되어버렸소. 아니. 나를 그렇게 봐도 상관없소. 그저 살아있어만 주시면 나는 아무 것도 안 바랄 테요. 나는 아무 것도 아니니까. 나는 먼지 같은 사람이 되어버렸으니까.

　그녀는 눈물을 닦으며 벽을 보고 누웠다. 썩어가는 나무 벽을 가만히 바라보았을 때 다례의 방문을 열고 군인이 들어왔다. 다례는 고개를 돌려 그를 바라보았다.

　"얘. 너도 이번에 필리핀으로 가냐?"
　다례의 침상에서 한 병사가 군화를 신으며 물었다.

"그건 무슨 말이오?"

"필리핀 말이다. 여기 있는 여자들 일부를 그쪽으로 보낸다고 하는데 너도 가냔 말이지."

"……모르오. 필리핀이 어디에 있는 것이오?"

"멀지."

"얼마나요? 조선보다 멀어요?"

"멀지. 아주 멀지."

다례는 그 말에 얼굴이 하얗게 질렸다.

"나를 보낸다 하오?"

"그야 모르지. 너는 예쁘장하니까 보낼지도 몰라. 섭섭해서 어쩌냐. 너를 찾는 사람들이 많은데."

다례는 이불로 얼굴을 뒤집어썼다. 그렇게 멀리 갈 수 없다. 중국은 그나마 조선의 땅덩이와 붙어 있으니 언젠간 인산과 보게 될지도 모른다는 기대감이 있었다. 하지만 그렇게 멀면.

"거기 바다가 그렇게 예쁘다. 짙은 초록색이야. 옥색깔."

"그런 건 몰라요."

다례가 울음을 터뜨렸다. 그러자 군인은 다례를 돌아보았다.

"얘, 너는 예쁘니까 보내지 말자고 해 보마. 그러니 울지 마라. 너 가면 섭섭해 하는 사람들 많은 거 안다."

"어어엉."

다례는 울음을 터뜨렸다. 군인은 그런 다례가 안쓰럽다는 듯 바라보았지만 이내 문을 두드리는 소리에 자리에서 일어났다.

"나간다, 나가!"

그가 군화 끈을 동여매고 나가자 이내 다른 병사가 들어왔다.

깊은 밤, 귀뚜라미 우는 소리에 다례는 눈을 떴다. 다례는 무거운 머리를 억지로 들며 소독약을 푼 대야에 걸터앉았다. 소독약 냄새가 방안을 진동했다. 요사이 소독은 이전보다 더 자주 한다. 며칠 전 성병으로 고름을 흘리며 죽어간 여자를 보았기 때문이다. 모두가 겁을 먹고 그녀를 바라보았다.
"원래 몸을 팔던 여자래. 그러니 겁먹을 것 없어. 여기서 시키는 대로 소독하고 잘 씻으면 된단 말이야."
눈썹을 만지던 여자가 말했지만 그녀 역시 겁먹은 눈빛이었다. 죽어가던 여자는 손톱으로 바닥을 긁어가며 괴로워했다. 너무나도 무서운 표정이었다. 다례는 그녀의 얼굴이 생각나자 눈을 감고 머리를 감쌌다.
-무서워. 너무 무서워. 나가고 싶다. 여기서 도망가고 싶어. 잡힐 때 잡혀 죽더라도 여기만 나갈 수 있으면 좋겠어.
다례는 손바닥만한 창밖을 바라보았다. 누가 그것을 창이라 할까. 그것은 창이 아니라 그나마 들어오는 햇볕조차 막아버린 거대한 철문처럼 보였다.
-나갈래, 나 여기서 나갈 거야.
다례가 별안간 문을 열고 맨발로 뛰어 나갔다.
다례가 문을 열고 뛰어대자 주변에 있던 군인들과 그들과 함께 이야기를 나누던 일부 위안부들은 그녀를 멀뚱하니 바라만 보았다.
"저게 미쳤나……."

군인 하나가 중얼거렸다. 그 말에 몇 명은 뒤를 돌아보았다. 다례는 맨발에 속옷 바람으로 막사 가운데를 가로 지르며 달렸다. 괴성까지 지르며 뛰는 통에 누구 하나 그녀를 말릴 생각은 안하고 다례를 보며 이러쿵저러쿵 이야기만 계속했다.

"쟤가 저렇게 될 줄 알았어. 첫날 다들 울고불고 난리를 치는데 저거 혼자 멍하니 벽을 쳐다보고 앉아 있는 거야."

일본 기생출신의 여자가 입을 삐죽거렸다.

"그러니 미치는 건 순간이지 뭐야. 나 그거 좀 줘 봐요."

여자가 군인에게 담배를 받아 내뿜으며 웃음을 지었다.

"이쁘장한 게 좀 아깝긴 하다."

맞은 편 군인이 히죽거리며 웃었다.

"어어어."

그 중 하나가 다례가 뛰는 방향을 가리켰다. 다례는 구멍 뚫린 철조망 사이로 이미 빠져나간 후였다. 그제야 그들은 모두 벌떡 일어나 소란을 피워대기 시작했다. 다례는 어둠 속으로 계속 달리기 시작했다. 부대에서는 그녀를 쫓기 위해 열 명의 군인을 투입했고 그들 대부분은 짜증을 내며 나섰다. 대부분이 반송장이 되어 잡혀 들어오고 본보기로 목숨을 끊는 것은 다반사였다. 한 달 전 도망친 아이의 시신은 곧장 어디론가 보내졌고 두개골의 흔적이 사라진 시신은 처음 보았다는 어린 군인은 오줌을 지렸다.

"저년 때문에 한동안 또 꼼짝 못하겠군. 구지베니(립스틱)나 사러 갈 생각이었는데 말이야."

그녀가 담배를 비벼 끄며 숙소로 돌아갔다.

다례는 그날 밤에 다시 잡혀 들어왔다. 맞아 죽을 지경이 되었을 때 그녀를 아끼던 군인들이 그 아이는 큰 문제를 일으키는 일이 없다 설득하여 그녀는 다리를 절며 숙소로 들어갔다.

"인물 반질 한 것들은 혜택도 많네."

누군가가 입을 삐죽거리며 숙소 문을 닫았다.

다례는 그날부터 그곳을 훨훨 날아 빠져나가는 꿈을 꾸다 울면서 눈을 뜨기를 반복했다. 여전히 그곳이다. 그게 현실이었다.

■　　■　　■

"보시오. 그 쑥과 이 산삼을 교환합시다."

인산은 농가에 들어서며 입을 열었다. 그의 손에 들려 있는 작은 산삼을 본 주인 영감은 입을 쩍 벌리고 그를 바라보다 바닥에 엎드렸다.

"아이고. 아이고!"

인산은 그의 행동에 고개를 들었다.

"왜 그러시오?"

"아이고. 신령님. 꿈에서 본 그 신령님이시네. 아이고."

"그게 무슨 말이오?"

"어젯밤 꿈에 나타난 신령님과 얼굴이 똑같소. 수염만 없고 젊다뿐이지. 아이고."

"허허. 영감님도. 난 그런 건 모르겠고. 그저 저 말린 쑥이 필요하니 이 산삼과 바꿉시다. 지금 나한테는 이 산삼보다 그 약쑥이 더

절실하니 아무런 말 마오."

"예, 예. 가져가십시오. 얼마든지 가져가십시오. 아이고."

영감은 계속 엎드려 손바닥을 쑥을 향해 펼쳤다. 인산은 산삼을 마루턱에 올려놓고는 잔뜩 쌓여있는 약쑥을 끌어 모았다.

"산삼이 훨씬 가격이 나가니 결코 손해 보지는 않을 것이오. 이것 캐다가 낭떠러지에서 죽는 줄 알았소."

"신령님이 죽을 리가 있나요."

영감은 계속 고개를 숙이며 대답했다.

"영감님. 나는 신령님이 아니오. 대체 무슨 꿈을 꾸었기에 그러시오?"

"아니건 말건 하여간 신령님과 똑같소."

"답답하긴. 무슨 꿈이냐 묻지 않소?"

"우리 할멈 고쳐 준다 했소. 꼽추 할매 등을 펴준다 했소. 꿈에. 어제 밤에 나타나서 그리 말했소."

인산은 영감을 바라보더니 조금 열려 있는 방을 바라보았다.

"할마이가 아프오?"

"그냥 십 수 년 전에 허리 다쳐 꼬부라졌는데 저렇게 누워 지내오."

"내가 신령님은 아니지만 한 번 봅시다."

영감은 아무런 의심도 갖지 않고 방문을 벌컥 열고 들어오라 손짓했다. 어두컴컴한 방안은 더운 날씨에도 불구하고 냉기가 흘렀다. 생기를 느낄 수 없었다. 인산은 벽을 보고 누워 있는 할머니 옆에 다가가 앉았다. 구부정하게 다리를 움츠리고 웅크린 모습에 인산은 마음이 아팠다.

"임자. 내가 신령님을 모시고 왔어. 내가 어제 말했잖아. 응?"

할머니는 몸을 뒤척이더니 고개만 돌려 인산을 바라보았다. 아무런 표정도 없던 할머니가 입을 벌리며 웃었다. 인산도 웃어주었다.

"할마이라 해서 연세가 많은 줄 알았소. 어떻게 되오?"

"쉰 넷이오."

영감이 대답했다.

"나는 신령님은 아니오. 하지만 원하면 몸을 낫게 해 줄 수는 있소."

할머니는 영감을 쳐다보았다. 그는 고개를 끄덕끄덕하며 인산을 바라보았다.

"낫게 해주시오. 예? 우리 불쌍한 할마이 낫게 해주시오."

영감은 소매로 눈을 찍으며 훌쩍거렸다.

"맥 좀 봅시다."

영감이 할머니의 소매를 걷어 주었다. 인산은 할머니의 맥을 잡더니 얼마 후 이불을 다시 덮어 주었다.

"할마이 끼니는 잘 넘기오?"

"우리 영감이 잘 먹여 주오."

"맥도 이상 없고 식사도 잘 하니 별다른 이상은 없소. 밖에는 나가긴 하오?"

"볕이 좋은 날은 지팡이 들고 나가지요. 우리 영감하고."

인산이 고개를 끄덕였다. 맥과 혈색을 보니 나쁘진 않다. 장기도 건강하니 뜸을 뜨면 나을 몸이다.

"보시오, 영감님."

"예, 예."

"뜸을 뜨면 나을 수 있소. 한 며칠 떠야 하는데 보시다시피 나도 성치 않소."

인산이 바지를 걷어 다리를 보였다. 썩어 들어가는 중이었다.

"아이고!"

"내가 약쑥을 얻자고 하는 이유가 이것을 낫게 하기 때문이오."

"예, 예. 우리 할망구 몸만 낫게 해주시면 뭐든 도와드리겠습니다."

인산이 고개를 끄덕이며 곧장 마당으로 나갔다. 그는 약쑥을 살펴보더니 광주리에 그것들을 담아댔다.

얼마 후 매캐한 연기가 산골에서 다시 피어나기 시작했다. 인산은 묘향산에 버려진 농가에 들어가 전처럼 생활 터를 만들었다. 할머니의 병도 병이지만 우선은 인산 자신의 몸을 추슬러야 했기 때문이다.

"영감님. 이렇게 매일 뜨시오. 매일 한두 시간 뜨다가 할마이가 익숙해지면 네 시간까지 시간을 늘리시오. 아시겠소?"

"난 무식해서 무섭단 말이오."

"무식하지 않소. 내 말 알아들으면 되는 거요."

"그래도 무서워."

"내가 옆에서 봐 줄 테니 염려 마시오. 보다시피 나도 성치 않아 이곳에 오래 머물 수는 없소. 하지만 내가 시키는 대로 하면 그 신령님이 말한 것처럼 할마이 허리가 곧게 되니 따르시오."

"예, 예."

영감은 신령이라는 말에 별안간 고개를 힘차게 끄덕였다.

그렇게 분주히 왕래를 하던 어느 날 할머니의 허리가 움찔거리기 시작했다. 인산은 이미 그곳을 떠난 후였지만 그 집에 도사님이 다녀갔다는 소문은 산골을 타고 퍼지기 시작했다.

할머니는 일 년이 지나자 허리를 폈다.

■　　　■　　　■

"허어……그것참. 그게 정말 도망을 쳤네."

다례의 숙소가 텅 비워져 있는 것을 보고 병사가 고개를 흔들었다. 이미 하루 하고 반나절이 지난 것이다. 배가 아프다 하여 약을 타서 숙소에 들어간 줄만 알았다. 성병이라는 푯말이 방문에 걸려 있어 얼씬도 못하게 하였지만 거짓말이었다. 위생병은 증상을 들어보니 성병이라 상부에 보고했을 뿐이라고 했지만 다례가 행방을 감춘 것은 순전 그의 탓이 되어버렸다.

그 시간 다례는 산기슭을 타며 숨을 몰아쉬고 있었다. 다례는 하루를 꼬박 걸었다. 허기가 지면 박하 잎을 입에 물고 버섯을 집어 삼키며 계속 걷기만 했다. 다례는 깊은 산 속에서 더 이상은 걷지 못 할 지경이 되어서야 바위 턱에 걸터앉았다. 서늘한 날씨임에도 온몸에는 땀이 났다. 멀리서 산짐승들이 우는 소리가 들려왔다. 다례는 무서웠지만 차라리 짐승의 먹이가 되는 편이 낫다는 생각이 스쳤다. 그녀는 치마 춤에 두었던 솔잎을 씹었다.

-그런데 여기는 어딜까. 내가 조선으로 가고 있는 건 맞는 걸까.

다례는 어둑어둑해지는 하늘을 바라보았다. 낮에는 그렇게나 아름

답던 무성한 나무 이파리들이 지금은 무서운 도깨비가 손을 흔드는 것처럼 보였다. 다례는 눈을 감아버렸다. 그리고 두 주먹을 꼭 쥔 채 움직이지도 않았다. 한동안 그렇게 있자니 산에서 묻어나오는 향기가 다례를 진정시켜 주었다. 아주 익숙한 향기다. 초라한 인산의 집 마당 앞에서 나는 향이였다. 밤이면 귀뚜라미가 울어대던 그 마당. 다례는 코가 매워졌다.

-더 가야해. 더 멀리 가야한다.

다례는 앞이 안 보일 때까지 걷기로 하고 다시 일어섰다. 그러나 산은 금세 어두워졌고 다례는 얼마 가지 못해 지쳐버렸다. 그녀는 커다란 바위틈에 몸을 숨기고 웅크리고 앉았다. 바위에서 냉기가 흘러나오기 시작했다. 다례는 다리를 세워 끌어안았다.

멀리서 부엉이가 우는 소리가 들렸다. 소쩍새도 울었다. 어린 시절 어머니가 들려준 이야기가 생각났다. 구박을 당하던 며느리가 죽은 혼이 소쩍새라고. 솥이 적다, 솥이 적다하며 우는 것이 바로 소쩍새라고. 다례는 소쩍새 이야기가 무섭기도 했지만 죽어버린 며느리가 불쌍하다며 울었다.

"아, 추워……"

새벽이 채 되기도 전에 한기를 느껴 눈을 떴다. 사방은 어둑하다. 다례는 깜짝 놀랐다. 저녁때의 하늘과 같은 색이었다. 하지만 산새가 멀리서 울어대자 가슴을 쓸어안았다. 그녀는 저린 다리를 천천히 펴며 일어섰다. 다리가 마비된 듯 감각도 없더니 곧장 피가 몰려 저려왔다.

-얼마나 가야 고향에 돌아갈 수 있을까.

다례가 고개를 들어 먼 산을 바라보았다.

-분명히 옆으로 돌면 길이 나올 텐데. 정상으로 가서 내려가는 것이 맞는 걸까. 아무 것도 모르겠어.

그녀는 울상이 되어 주위를 살펴보았다. 그리고는 바위를 집고 다시 산을 오르기 시작했다. 추위를 몰아내기 위해 더욱 걸음을 빨리 했다. 낡은 신을 뚫고 발가락이 삐져나온 것이 보였다. 다례는 웃음이 나왔다. 그러나 얼마를 걸으니 완전히 분리가 될 지경이라 옷고름을 뜯어 신을 동여맸다. 어느 덧 하늘은 붉은 기가 가득해졌다. 해가 뜨는 것이다.

"아, 저기가 동쪽이라면…… 조선이 맞다. 저기가 조선일거야."

다례는 발길을 서둘렀다. 그렇게 오후가 되도록 해를 머리에 이고 걷자니 목이 쩍쩍 갈라져왔다. 그 때 멀리서 군인들과 개가 짖는 소리가 들려왔다. 가깝지는 않지만 분명히 자기를 찾아 나선 군인들일 것이다. 다례는 다리가 후들거렸다. 갑자기 철근을 다리에 단 듯 한 걸음조차 움직일 수 없었다. 온몸이 떨려왔다. 갈증은 잊었다. 다례는 정신없이 뛰기 시작했다. 그럼에도 군인들의 목소리는 점점 더 크게 들려왔다. 그들은 자기들끼리 왁자지껄 떠들고 웃는 중이었지만 분명히 여자를 잡아야 한다는 말도 했다. 그 소리가 가까이 들리기 시작하자 다례는 수풀 사이를 헤집고 숨을 만한 곳을 찾아보았다.

고사리가 가득 있는 곳이 보였다. 음지니 분명 숨을 만한 곳이 있을 것이다. 다례는 몸을 숙이고 신을 벗었다. 가슴에 신을 움켜잡고 하얀 저고리를 벗어 안았다. 그리고 검정색 치마를 벗어 머리까지 뒤집어 썼다. 그렇게 얼마를 걷자니 우거진 잡풀 뒤로 사람이 하나 들어갈 만큼 굴이 보였다. 뱀이라도 있을까 염려 되었지만 차라리 뱀에 물려 죽는 편이 낫다. 다례는 부스럭 소리를 내며 그곳에 숨어 들었다.

-딱.

다례는 동굴을 들어가다 나뭇가지를 밟아 그 소리에 깜짝 놀라 주저앉았다.

"어마이!"

다례가 소리와 동시에 입을 틀어막았다. 잠시 후 한 남자의 목소리가 그 안에서 들렸다.

"……조선인이오?"

다례는 고개를 번쩍 들었다.

"예, 예."

다례는 어두운 동굴 안에서 눈을 굴렸다. 어두움의 공포가 아닌 또 다른 사람, 그것도 같은 나라 사람이라는 사실에 그녀는 이제 살았다는 생각이 났다.

"누구시오? 예? 어디계시오?"

다례가 속삭이자 이내 한 사람이 그녀 앞에 얼굴을 불쑥 내밀었다.

"……너는 다례가 아니냐?"

다례는 자기의 이름을 말하는 사람의 모습에 입을 벌렸다. 그 목소리와 말투는 인산이었다.

"운룡 오라바이요?"

다례가 침을 꼴딱 넘기며 손으로 그의 얼굴을 더듬었다. 인산이 다례의 손을 맞잡아 주었다.

"그래. 나다."

"아, 오라바이……."

다례는 양손으로 입을 감싸며 울음을 터뜨렸다.

"오라바이. 오라바이 살아계셨소? 살아계셨소?"

다례는 끅끅 소리를 삼키며 엎드렸다. 그 사이 어둠이 익숙해지자 다례는 인산의 얼굴을 가만히 바라보았다.

"너야말로 이곳에 무슨 일이냐. 응? 대체 그 꼴은 뭐냔 말이다."

그는 서둘러 자신의 옷가지를 벗어 다례에게 덮어주었다. 다례는 별안간 서러움이 복받쳐 아무 말도 하지 못했다.

"안 씨 아주바이는 어디 있냐. 왜 고향에 돌아가지 않고 중국에 있냔 말이다."

"예? 여기가 아직도 중국이란 말이야요?"

다례는 여전히 속닥거리며 눈을 동그랗게 떴다.

"국경지대다."

"오라바이는 어찌 된 거야요?"

"여전하다. 이젠 교도소에서 탈출해서 더 심각하지. 하하."

다례는 고개를 번쩍 들었다. 지금 군인이 개를 끌고 다례를 찾아 산을 뒤지고 있다. 그런데 인산은 이곳에 숨어있다. 자기를 찾게 된다면 인산의 목숨마저 위태로워 질 것은 뻔 한 일이었다.

"오라바이. 난 가야하오. 이건 필요 없소."

다례는 서둘러 인산에게 옷가지를 건네주며 밖으로 향했다.

"다례야. 어디를 가는 거냐."

다례는 우뚝 멈춰 서서 나지막이 말했다.

"……오라바이. 내 소원 풀었으니 나는 돌아가요. 오라바이 부디 몸조심하시오. 그리고 내가 간 후 며칠간은 절대 나오지 마시오."

"무슨 말이냐."

"군인들이 나를 찾고 있소. 개도 있단 말이오. 금방 찾아 낼 것이오."

인산은 의아한 표정으로 다례를 바라보았다. 다례는 그 모습에 울음을 삼키며 넝쿨을 헤쳤다.

"나는 정신대요……."

인산은 그녀의 말에 뒤통수를 맞은 듯 두 눈을 껌벅거렸다. 그 사이 다례는 넝쿨을 빠져 나와 인산의 얼굴을 다시 한 번 보려 했지만 어두운 그곳에서는 아무 것도 보이지 않았다.

"……정말 안 보이오. 아무 것도 안 보이오. 다행이오, 오라바이."

다례는 숨을 죽이며 그곳을 돌아 나왔다. 개가 짖은 소리가 조금 더 가까이 들려왔다. 다례는 저만치서 그들이 다가오는 것을 바라보았다.

그리고 그들을 향해 방향을 틀어 내려갔다.

"나 여기 있소! 마음대로 하시오!"

다례가 소리쳤다. 인산은 눈을 질끈 감아버렸지만 어찌된 일인지 총소리는 나지 않았다.

"허! 저 계집 좀 봐라."

"야! 너 운 좋은 줄 알아! 장교님이 살려서 데리고 오라더라! 퉤!"

"거봐. 내 말이 맞지. 분명 저 아이를 좋아한다니까."

그들은 다시 왁자지껄 떠들어 대며 다례를 끌고 내려갔다. 인산은 넝쿨 안에서 숨을 죽이며 눈물을 훔쳤다. 바닥에는 다례가 꽁꽁 싸맨 낡은 고무신과 진흙이 범벅된 옷고름이 놓여 있었다.

제 4 장

"12뇌와 혈관 골수 근육에 병이 있잖아? 근데 고놈들이 약쑥의 열 때문에 밀려간다. 나중에 네가 뜸을 뜨면 알겠지만 이 머리 꼭대기가 열리는 기분이 들어. 그게 뇌까지 돌고 있다는 소리야. 그럼 그게 머리 꼭대기 까지 올라왔으면 쫓겨 다닌다고. 쫓겨 다니다가 화독에 죽고 말아. 병균이. 그래 뜸자리에 고름이고 어혈이 모이는 거야. 그게 그 병균의 시체란 말이다."

"그런데 어떤 사람은 일 년이 넘어도 낫지 않아. 그건 어쩐 일인가? 맞지 않는 사람이라 그런가?"

"특별히 몸에 열이 많은 체질이 아니라면 그렇지 않아. 열이 많은 사람은 적당히 해야 하지 안 그러면 죽을 수도 있다."

"아이고 가회야. 정말 곱다. 고와. 네 몸에 딱 맞는 치마다."

이 씨 부인이 양장을 입은 가회의 주변을 뱅글뱅글 돌았다.

거울 속에 비친 자신의 모습에 가회도 만족스럽다는 듯이 비스듬히 서서 뒷모습을 바라보았다.

"인사 잘 드려야 한다. 응?"

"그런 건 염려 마시오."

가회는 눈썹을 끌어 올리며 치마를 털어냈다. 현섭은 그 뒤에 팔짱을 끼고 가만히 웃어보였다.

"우리 부모님이 보시면 여배우가 왔다 하실 거다."

"그렇지? 그렇지?"

현섭의 말에 이 씨 부인이 호들갑을 떨며 다시 가회를 바라보았다.

"기차시간 늦겠소. 갑시다."

가회는 장갑을 낀 손을 내밀었다. 현섭이 팔을 들어보이자 가회는 진짜 영화배우처럼 그의 팔에 손을 살짝 걸쳤다. 그리고는 양산을 든 손을 들어 올리며 이 씨 부인에게 손을 흔들었다. 여전히 자신에게는 싸늘해 보이긴 해도 이 씨 부인은 가회가 마음을 잡은 것 만 해도 감지덕지한 모습이다.

"할마이 극성에 아주 진저리가 나오."

기차에 올라타자 가회가 핸드백 사이로 장갑을 넣으며 고개를 저어댔다. 현섭은 그래도 가회가 좋은지 가만히 웃기만 했다.

"그래도 내가 좋으니 따라 나선 게 아니냐."

"음……그건 그렇소. 내가 조금 아깝긴 해도."

현섭은 웃음을 터뜨렸다. 가회역시 웃음을 지으며 창밖을 바라보았다. 기차는 잠시 후 덜컹거리며 선로를 달리기 시작했다.

한참의 시간이 지나 가회와 현섭은 평북에 도착했다. 경성보다는 확실히 찬바람이 분다. 가회는 어깨를 움츠리며 장갑을 꺼내어 들었고 현섭은 가죽으로 된 네모난 여행 가방을 들고 앞장을 섰다. 역 출구에는 사람들이 분주하게 다니는 것이 보였다. 고향이다. 가회는 새삼스런 감정에 북받쳐 가슴을 크게 열며 심호흡을 했다. 그때 현섭이 가회의 뒤에 다가왔다.

"소동이 일어난 모양이야. 서둘러 가자."

현섭이 가회의 양어깨를 잡고 역을 서둘러 나갔다. 가회는 그대로 앞으로 밀려갔다.

"무슨 일이오?"

"모르겠다. 사람들이 빙 둘러싸여 있는 게 사고라도 난 모양이다."

가회는 현섭이 이끄는 대로 자리를 옮기며 뒤를 돌아보았다. 소동이긴 하나 그런 것 치곤 사람들의 표정에는 만감이 교차되어 보였다.

인파 속에 있던 무리들 중 중년의 두 남자가 고개를 저어대며 가회 옆을 지나갔다.

"거참 내 평생 저런 건 처음 본다."

"그러게. 고향가면 이야깃거리 하나 생겼네. 허허."

"무슨 일이오?"

지나가던 사람이 그들에게 물었다.

"어떤 사람이 기차역에서 내리자마자 꼬꾸라졌는데."

"심장이 멈춘 거라 했지."

옆에 있는 자가 끼어들었다.

"응, 심장이 멈춰서 꼬꾸라진 건데 어떤 청년이 와서 침을 놓고 살리고 가버렸어. 그냥 한 방에 딱 침을 놓더니 아주 번개처럼 사라지던데?"

"차림새로 보아하니 의원은 아닌 것 같던데."

"의원은 커녕 거지꼴로 다니던데 뭐. 그러니 사람들이 비키라고 소리치고 밀어 쳤지."

"나라면 아니꼬워서 그냥 갔을 텐데 말리는 사람 때려눕히고 아, 글쎄 숨 떨어진 사람을 살리더라니까."

그들의 말을 흘러들으면서 가회는 현섭과 역을 빠져나갔다.

"차가 보이질 않네."

현섭이 주변을 둘러보았다. 가회는 그의 옆에서 치마의 주름을 살폈다.

"시간은 맞게 도착했는데……."

현섭의 말에 가회도 덩달아 현섭의 시선과 같이했다. 그 때 인산의 모습이 보였다. 남루한 옷차림에도 불구하고 그 걸음걸이와 표정이 하도 당당하여 오히려 그 초라함이 감추어지는 듯했다.

-운룡이랑 닮았다……. 아니, 저건 분명히 운룡이다.

직감적으로 그가 인산이라는 생각이 스쳤다. 게다가 이곳은 평북이다. 그러니 그가 있을 확률은 아주 높다. 아무리 쫓기는 처지라 해도 이곳에 부모형제가 있으니 무슨 수를 써서라도 그들에게 다녀갔을 것이다.

가회가 경직된 표정으로 그를 바라보다 별안간 그를 쫓았다. 현섭은 시계를 보다 말고 가회를 불렀다.

"가회야."

그러나 가회는 많은 인파 속을 헤치며 인산에게 시선을 두었다. 그의 뒷모습은 분명히 인산이었다. 휘적휘적 걷는 그의 걸음걸이는 어릴 때와 같았다.

-운룡이다. 운룡이가 살아있었어.

그녀의 걸음걸이는 점점 더 빨라지더니 뛰기 시작했다. 현섭은 서둘러 가회의 뒤를 따랐다.

"운룡아! 운룡아!"

인산은 자기를 부르는 여자 목소리에 우뚝 멈췄다. 하지만 뒤는 돌아보지 않았다. 그는 땅에 무엇인가를 떨어뜨린 사람처럼 허리를 굽히며 슬쩍 돌아보았다.

"운룡아. 나다. 가회. 가회다."

가회가 사람들 사이를 비집고 소리쳤다. 인산은 주변을 다시 둘러보았다. 그는 지금 몹시 긴장한 상태였다. 어쩌면 저 뒤로 "지을룡을 잡아라." 하고 달려오는 순사들이 있을지도 모른다. 하지만 주변에는 단 한명의 순사도 보이지 않았다. 그가 바로 서서 가회를 바라보았다. 가회는 함박웃음을 웃으며 그에게 다가왔다. 그리고 그의 앞에 서자마자 가쁜 숨을 내쉬었다.

"운룡아. 나다. 가회."

그러나 인산은 미간을 끌어 모으며 가회를 바라보았다.

"……누구요?"

가회는 인산의 물음에 주춤했다. 인산의 표정은 하나의 가식 없이 정말 가회가 누군지 잊은 듯한 말투로 되물었다. 가회는 숨이 멎는 듯했다. 그 충격이란 방금 멀리서 인산의 모습을 발견했을 때와는 비교도 되지 않을 만큼 금세 커다란 상처로 멍울이 되어버렸다.

"나를 아오?"

그가 다시 물었다.

"나다. 가회. 가회란 말이다. 나를 잊었니? 나를 모르겠니?"

가회는 서러운 듯 '나'라는 말할 때마다 가슴을 두드렸다.

"……가회?"

인산은 고개를 갸웃했다. 가회. 가회라.

"아, 이 영감 댁 손녀 가회구나."

인산은 그제야 고개를 끄덕였지만 가회는 눈물을 뚝 흘려버렸다. 인산에게 있어서 가회라는 존재는 이 영감 댁 손녀딸일 뿐이었다. 가회가 눈물을 흘리는 사이 인산의 머리에서는 일제에 아첨하며 재산을 모아댔던 이 영감의 환영이 보였다.

-죽은 지 꽤나 됐구나. 게다가 급사렸다.

인산은 냉소적인 미소를 입가에 담으며 고개를 끄덕였다.

"그래, 아직도 여기 사느냐."

인산의 말투는 냉정했다. 그것은 가회의 안부 따위가 궁금하여 묻는 것도 아니었다. 어릴 적이라도 그러한 자의 손녀딸과 가깝게 지냈던 것이 도리어 불쾌감으로 피어났다. 그러니 '여태껏 목숨부지하며 잘도 살아왔구나' 하는 물음과 가까웠다. 그것을 느낀 가회는 한 손으로 턱을 괸 채 고개를 저었다.

"권현섭이라 하오. 가회와 혼인을 약속한 사람이오."

불쑥 나타난 남자의 모습에 인산은 그를 바라보았다. 인산은 빙긋 웃었다. 차림새를 보아하니 이 영감과 한통속이 분명했다. 그러니 인산은 그에게 이름을 알려줄 필요도 없다 생각하여 고개만 끄덕였다.

"그럼 살펴 가시오."

인산이 다시 가던 길로 돌아서자 가회는 주저앉아 울음을 터뜨렸다. 현섭은 배신감이 몰려왔다. 가회가 괘씸하기보다 인산의 행동에 분이 올라왔다. 이렇게나 내 인생을 뒤흔들 만큼 사랑하는 여자가 아무 것도 아닌 자 앞에서 눈물을 흘린 것이 원통하기까지 했다. 그는 멀리 보이는 인산의 뒷모습을 바라보았다. 그는 벌써 저만치 사라지고 있었다. 뒤도 돌아보지 않고 그대로 소용돌이에 빨려들 듯 그렇게 가버린 것이다. 현섭은 가회를 일으켜 세웠다.

"놔요!"

가회가 현섭의 팔을 뿌리쳤다. 그는 주춤하여 가회를 바라보기만 했다. 가회는 이내 손끝으로 눈가를 닦고 일어섰다. 현섭은 다시 가회의 팔을 잡았다. 가회의 시선이 흔들렸다. 그는 보이지 않았다. 그에게 있어서 자기라는 존재는 아무 것도 아니라는 생각이 밀려들었다. 가회는 자신이 갈 길 조차 잃은 모습으로 현섭에게 이끌려 밖으로 나왔다.

역전에는 현섭의 집에서 보내 준 검은 차가 기다리고 있었다.

"조금 늦었는데 다행입니다."

운전사가 안도의 숨을 쉬며 웃었다. 현섭도 고개를 끄덕였다. 운전사가 가회를 힐끔 보았지만 현섭이 건네주는 가방을 들고 곧장 조수석에 실었다. 현섭이 차문을 열자 가회는 다시 한 번 주위를 돌아보며 차에 올라탔다. 현섭은 심기가 불편한 모습으로 차에 올라 허공을 주시했다. 현섭의 집으로 향하는 동안에도 가회는 창밖만 바라보았다.

가회는 풀이 죽은 모습으로 손깍지를 꼈다. 현섭은 그런 모습을 보고 가회의 손을 토닥거렸다.

"괜찮다. 괜찮아 질 것이다."

가회는 현섭을 바라보았다. 지금 내가 무슨 생각을 하는 것인가. 가회는 씁쓸하게 웃어보였다. 현섭에게 마음을 준 것은 사실이다. 현섭은 가회에게 꾸준히 성실했다. 소위 말하는 가부상석인 전통 남성상의 모습은 보이지 않았다. 가회의 말을 존중해주고 그녀의 고집을 웃어넘기고 또 그녀가 원하는 것은 해주었다. 그런데 일순간 흐트러진 것이다. 그 몇 초 안되는 사이에 인산이 파문을 일으키며 나타났다가 사라진 것이다.

"이제 됐소."

가회가 현섭을 보며 씁쓸하게 웃었다.

■　　■　　■

이문도의 의원 문전에는 아픈 사람들이 즐비하게 서있었다. 아침부터 서있던 차라 그들은 서서히 짜증이 났다.

"아, 그래도 별 수 있어? 낫기만 한다면 밤을 새워서라도 있어야지. 어어, 저 봐라. 여보쇼! 거기 왜 은근슬쩍 끼어들어?"

대문 앞을 서성이던 인산이 그를 돌아보았다.

"나는 여기 이 의원을 만나러 온 사람이오."

그 때 대문 앞을 지키고 서 있던 자가 벌떡 일어났다.

"아이고, 그동안 어디 계셨습니까? 예? 아니, 이게 얼마만이란 말입니까. 어서 들어오시지요."

그는 인산을 잡아끌며 안으로 들었다. 부엌 앞에는 곱게 생긴 젊은 부인이 의아한 시선으로 그를 바라보고 있었다. 이문도의 아내였다.

"의원님! 의원님! 그분이 오셨습니다!"

안에서 환자를 살펴보던 이문도는 방문을 돌아보았다.

"어느 분이 오셨다는 말이오?"

이문도는 마당에 서있는 인산을 보자마자 버선발로 뛰어 내렸다.

"이 친구야! 아, 세상에! 이 사람!"

이문도는 반가움과 야속함에 인산의 어깨를 주먹으로 치며 눈물을 글썽거렸다.

"허, 참. 거 고약한 손님맞이로다. 하하."

"몸은 어떤가? 응?"

그가 인산을 위아래 보며 살펴보았다.

"죽을 지경에 쑥뜸으로 소생했지. 여기도 사방이 쑥 냄새가 진동하는구나. 좋다!"

"그럼, 좋지. 좋고말고! 가세. 어머니가 얼마나 자네를 보고 싶어 하셨는 줄 알아?"

"아, 꼴이 말이 아닌데……."

"무슨 말이야, 어서 들어가세."

이문도는 그를 잡아끌고 안채로 들어섰다.

"어머니! 어머니! 을룡이가 왔습니다."

그의 말이 끝나기가 무섭게 방문이 벌컥 열리더니 그의 모친이 달려 나왔다.

"아이고, 아이고!"

그의 어머니는 인산의 손을 잡고 울음을 터뜨렸다.

"내가 이제야 은인의 낯을 보게 되었습니다."

"말씀 낮추시지요. 절 올리겠습니다."

"절은 내가 해야지요."

인산이 큰절을 올리자 그의 모친도 절을 했다. 마주 앉은 그를 바라보던 모친은 한동안 아무 말도 못하더니 이내 생각이 났다는 듯 자리에서 일어났다.

"내가 금방 밥상을 들일 테니 좀 쉬고 있으시오. 우리 새아기가 밥냄새를 못 맡으오. 아주 입덧이 심해서."

이문도는 얼굴이 벌겋게 달아올랐다. 인산은 고개를 끄덕였다.

"아, 안 그래도 어머님 밥상이 그리웠습니다. 벌써부터 입에 침이 돕니다."

이문도의 어머니가 부엌에 들어가자 그는 인산을 끌고 방으로 향했다.

"그래, 그동안 어디에 있었나? 왜 이렇게 몸이 상한 거야?"

인산은 씁쓸하게 웃었다. 이문도의 입에서 "그동안"이라는 말이 나오자 그의 머리에서는 그가 겪은 일들이 빠르게 책장을 넘기듯 스쳐 지났다. 몇 개월간 고문의 연속이었던 춘천 교도소. 동료들의 죽음. 그리고 쉼 없는 노역과 탈출. 그는 상반신을 들어 보였다. 쑥 뜸 자국이 보였다.

"이거 아니었으면 죽었을 거야."

이문도는 중완의 뜸 자국과 인산의 얼굴을 번갈아 보았다.

"춘천 교도소에 들어갔다가 탈출했어. 자네와 헤어지고 일 년 육 개월 복역을 하고 그리고 묘향산으로 들어가서 지인들과 만났고 중국으로 건너가 얼마를 보낸 후……."

인산은 방을 둘러보며 말을 끊다가 이문도를 바라보았다.

"그리고 여기 왔네."

잠시 방안에는 침묵이 흘렀다. 이문도는 인산이 겪은 고초를 지켜본 사람처럼 그의 손을 덥석 잡았다.

"잘 왔어. 그리고 나를 찾아줘서 정말 고맙다. 고마워."

"내가 찾아온다고 했잖아. 하하."

인산은 며칠간 이문도의 집에 머물다 이전에 그가 머물던 곳으로 거처를 다시 옮겼다. 창고에는 인산이 남겨 놓은 소금이며 유황과 쑥들이 차곡차곡 쌓여 있었다. 이문도가 틈나는 대로 정리를 해준 것이다. 그럼에도 사방은 먼지가 뽀얗게 앉아 있었다.
 "그냥 나와 지내지……. 하여간 자네 고집을 누가 말리나."
 이문도는 섭섭한 듯 인산을 바라보았지만 인산은 아무 말도 안하고 가만히 웃기만 했다.
 "그런데 을룡아."
 "응."
 "네가 없는 사이에 내가 여러 차례 환자들한테 뜸을 놓았거든."
 "그래."
 "그리고 많은 사람들이 효를 봤다. 그런데 어느 환자가 물어보는 거야. 꽤나 명석한 사람인데 말이 좋아 명석이지 어찌나 이것저것을 묻던지 아주 혼이 났네. 다른 사람들이 아무리 좋다, 병이 나았다 해도 막상 그 고통을 겪자니 겁이 난 모양이지. 나라도 그랬을 터이니. 그러니 그게 무슨 원리로 되는 거냐. 무엇 때문에 고름이 나오냐. 그런 걸 묻는 통에 아주 혼이 났다. 내가 그걸 모르기 때문이다. 부끄러운 일이다."
 인산은 오래 전에 검게 대운 숯을 들며 발로 흙바닥을 고르게 했다. 이문도는 앉은 채로 몸을 굽혀 그것을 바라보았다.
 "사람의 머리. 이 뇌에는 12부분으로 되어 있어. 12뇌란 말이다. 12뇌는 여섯 개 뇌, 여섯 개 막을 말하는 건데 옛날 사람들이 수정궁이라고 하는 곳이 신뇌로 소뇌의 중심부다. 요게 모든 기억력을 담아 두는 곳이야. 요기서 소아마비 신장염 신장암 방광염 자궁염 욕종양 혈종양 등 신방광 병균이 모이는 곳이기도 하다."

인산이 머리를 그린 그림을 숯으로 표시했다.

"그리고 명문뇌는 천곡궁. 들어봤을 거이다. 고 천곡궁은 뇌성마비 뇌암균 머릿병이 걸리는 곳이다. 이렇게 심장뇌. 비뇌, 폐뇌, 대장뇌 등 각각 인체 오장육부를 담당하는 곳이 이 뇌란 말이야. 그러니 뇌에 병이 들어온 곳으로 퍼지는 거야. 왜냐면 그곳을 담당하는 뇌가 병이 들었으니 그 기능도 제대로 할 수 없다는 말이다."

이문도가 고개를 끄덕했다.

"그러니 쑥뜸을 뜨면 그 무서운 열이 12뇌로 들어갔다가 온몸의 신경을 돌아서 다시 뜸 부위로 온단 말이야. 어떻게 그럴 수가 있냐 하면."

인산은 다시 옆에 머리 모양을 그렸다.

"12뇌와 혈관 골수 근육에 병이 있잖아? 근데 고놈들이 약쑥의 열 때문에 밀려간다. 나중에 네가 뜸을 뜨면 알겠지만 이 머리 꼭대기가 열리는 기분이 들어. 그게 뇌까지 돌고 있다는 소리야. 그럼 그게 머리 꼭대기 까지 올라왔으면 쫓겨 다닌다고. 쫓겨 다니다가 화독에 죽고 말아. 병균이. 그래 뜸자리에 고름이고 어혈이 모이는 거야. 그게 그 병균의 시체란 말이다."

"그런데 어떤 사람은 일 년이 넘어도 낫지 않아. 그건 어쩐 일인가? 맞지 않는 사람이라 그런가?"

"특별히 몸에 열이 많은 체질이 아니라면 그렇지 않아. 열이 많은 사람은 적당히 해야 하지 안 그러면 죽을 수도 있다."

"안 그런 사람이 더딘 것은 왜 그런가."

"낫는다. 일 년이 긴 것이 절대 아니야. 어떤 사람은 오 년을 떠야 하는 사람도 있으니까. 그러니 못 고친 것이 아니니 염려 말게. 기죽지 말고."

이문도는 가벼운 숨을 내쉬었다.

며칠이 지났다. 인산은 장터에서 오리 스무 마리를 사 마당에 풀어놓았다. 오리 떼는 인산이 가는 방향대로 꽥꽥거리며 따라다녔고 그는 오리를 이리저리 피하며 소나무 한 짐을 지고 창고로 들어갔다.

"보시오. 좀 도와주시오."

숨이 넘어가도록 헐떡거리는 남자의 목소리에 인산은 창고에서 나왔다.

"무슨 일이오?"

"집안사람들이 죽어가오. 좀 도와주시오. 이 의원님 댁에 가니 이곳에 가라 일러줬습니다."

-아, 문도가 서울엘 다녀온다 했지.

"갑시다."

인산은 곧장 그를 따라 마을로 내려갔다.

그가 안내한 곳은 일전에 인산과 인연이 있던 집이었다. 오래전 그 집 주인이 배앓이로 몇날며칠을 고생해 탈진이 될 무렵 인산이 소생 시켰다. 그날 이후 그는 인산을 아들처럼 아끼었는데 어느 날 갑자기 그가 사라지자 몹시도 섭섭해 하였다.

대문에 들어서자 집안 기운이 덥게 느껴졌다. 늦은 봄 날씨에도 방이란 방문은 온통 닫혀 있었다.

-탁한 공기다. 이러면 호흡기로 곧장 병균이 침투 할 텐데. 방을 환기부터 시키고 들어가야겠다. 그가 심호흡을 했다. 그때였다.
　"아이고, 이 사람! 어디 있다 나타났나! 어서 들어오게!"
　주인이 버선발로 마당에 나와 인산을 방안으로 끌어당겼다. 인산은 서서히 들여 마시고 깊이 내쉬던 호흡의 리듬을 놓쳐 그만 큰 숨을 들여 마시고 말았다.
　"좀 살려 주시게."
　"예, 우선은 방문을 죄다 열어 환기부터 시켜 주십시오."
　"춥다고 하는데?"
　"그래야 합니다. 속의 열이 하도 많아 그러는 것이니 제가 하라는 대로 해 주시오."
　영감은 곧장 그가 시키는 대로 온갖 문을 열었고 인산은 사람들의 안색을 살펴보았다. 심각한 열병이었다. 삼 일이 지나니 그의 옆에서 자잘한 심부름을 해주던 주인영감마저 들어 누워버렸다. 그리고 일주일째 접어들 때 인산 역시 머리라 지끈거리고 호흡이 가빠졌다. 감염이 된 것이 틀림없었다. 그는 식은 땀을 닦아 내며 탕약을 올리고 침을 놓으며 그가 만든 환약을 먹었다.
　-이러다가 얼마 못가 나도 발병할 것인데. 큰일이다. 사람들이 나을 기미가 안보이니.
　그러나 일주일이 지나자 그들은 서서히 차도를 보이기 시작했고 이십일이 지나자 완전히 나았다. 그러나 인산의 몸은 쇠하였다.
　"아이고, 고맙소! 고맙소! 구름 같이 사라지더니 우리가 죽게 되니 번개처럼 찾아 왔구려! 고맙소!"

영감이 인산의 손을 잡고 울음을 터뜨렸다.

"영감님 제가 집을 하도 비워놓아 가야 합니다. 조만간 찾아 뵐 테니 잘 챙겨 드시오."

인산은 어질 거리는 머리를 잡고 화제와 환약 그리고 주의사항 등을 알려주고 서둘러 자신의 처소로 돌아갔다.

영감은 인산의 매몰찬 행동에 섭섭해 눈초리가 내려갔다.

"가만있어봐……. 저 사람이 저럴 리가 없는데……. 이봐, 송 서방! 어여 이 의원 댁에 좀 다녀 와."

인산은 숨을 내몰아 쉬며 마당을 바라보았다. 오리가 걱정이 되어 단숨에 달려왔지만 오리들은 제가 알아서 먹고 다녔는지 인산이 마당에 들어서자 날개 짓을 하며 그에게 달려왔다. 그가 창고를 보니 보리 쌀가마에 구멍이 뚫려 있었다. 그는 안도의 숨을 쉬고 오리를 바라보더니 이내 쓰러졌다. 깊은 소용돌이에 빨려 들어가는 느낌이 들며 사방이 어두워졌다. 숨이 가빠오고 온 몸에 근육이 마비가 된 것처럼 꼼짝달싹 할 수 없게 되었을 때 이문도의 목소리가 들렸다.

"이봐! 정신 차리게!"

그러나 인산은 정신을 잃었고 이문도는 그를 등에 업고 곧장 의원으로 돌아갔다.

이문도의 집에는 두 명의 의원이 자리하고 있었다. 이문도의 동료들이었다.

"그래, 이 사람이 그 친군가?"

"그래."

"괜찮겠나?"

이문도는 인산의 맥을 잡아보았다. 그때 인산이 눈을 떴다.

"괜찮나?"

인산이 이문도를 바라보았다.

"내가 앓아누울 것 같네. 자네도 위험할 수 있어."

"염려 말게. 그 정도 체력은 있으니. 듣자하니 열 명 가량 되는 병자들을 혼자 돌보았다는데 자네 정도가 되니 살아남았지. 안 그런가? 그러니 우리 세 사람은 자네 하나 정도 감당 할 수 있네."

이문도는 인산의 맥을 놓으며 그를 바라보았다.

"맥이 너무 약해. 이러다 정말 큰 병이라도 걸릴 것 같아."

"그럼 극락이나 다녀와야겠네."

인산은 웃었지만 이문도는 성을 내며 인산을 꾸짖었다.

"이 사람이! 농담이라도 그런 말 하지 말게!"

이문도는 인산을 노려보았지만 눈시울이 붉어져있었다.

"내가 죽으려면 벌써 죽었어. 염려 마시게."

"어서 자리 털고 일어나시오. 우리는 당신을 만나러 온 사람인데 다시 대구 경성으로 돌아가면 너무 억울하오. 하하하."

그 중 키가 큰 사람이 인산을 바라보았다. 인산은 그들과 눈을 마주치며 가만히 웃었다. 그러나 이내 눈을 스르륵 감고 말았다. 이문도는 놀라 인산의 맥을 잡았다. 맥이 희미했다. 그의 코에 귀를 대어보았다. 호흡 역시 희미했다.

"을룡이!"

이문도의 외침이 아득한 낭떠러지에서 들리는 듯했다. 그 아래로 인산은 공기의 저항조차 받지 않고 떨어지고 있었다. 무엇인가가 인산을 잡아끄는 느낌에 인산은 눈을 떴지만 그의 눈에는 눈부신 빛뿐이었다. 새가 된 듯 온몸이 가벼웠다. 그는 푸른 숲을 지나 황토길을 날았다. 강 위의 수면 위를 낮게 날아 보았고 한껏 웃어보기도 했다.

마을이 보였다. 남자들은 상투를 틀고 농사일을 하고 아낙들은 물동이를 머리에 이고 아이를 업고 있었다. 그는 서서히 땅으로 내려왔다. 몸무게를 알 수 없을 만큼 가볍게 느껴졌다. 그는 사람들에게 다가갔다.

"여기가 어디요?"

"어디긴 어디요, 하늘이지."

인산은 눈을 끔뻑이며 주위를 돌아보았다. 멀리서 예배당이 보였다.

"하늘인데 예배당이 있소?"

"여기서 예배도 보오. 왜 그러시오?"

농사일을 하던 자가 인산을 바라보았다.

"당신 땅에서 왔소?"

인산이 고개를 끄덕일 무렵 멀리서 왁자지껄 아이들이 떠드는 소리가 들렸다. 인산이 돌아보자 그곳에는 짱구와 두꺼비 그리고 현구가 있었다. 짱구 두꺼비는 어려서의 모습인 열 살 안팎이었고 현구는 그를 마지막으로 보았을 때처럼 열일곱의 모습이었다. 그들은 서로의 손을 잡고 인산에게 다가왔다.

"아니, 현구 형님! 두껍아, 짱구야!"

인산이 그들에게 달려가자 그들 또한 인산을 얼싸 안고 뒹굴었다.

그들을 껴안고 뱅뱅 도는 사이 어느덧 인산도 열 살의 모습으로 변했다. 그는 아무 생각 없이 그들과 어울려 뛰놀았다. 숨이 차고 땀이 나고 시간 가는 줄도 모르고 그렇게 정신없이 놀았다. 현구는 숨을 헐떡이며 누워있는 인산을 안아 목말을 태웠다. 인산은 까르륵 웃으며 현구의 머리를 끌어안았다.

"형님! 나 너무 기분이 좋소! 너무나 기분이 좋소!"

"나도 너무 좋다. 너를 보니 참말 좋다."

현구는 인산의 손을 잡은 팔을 번쩍 들며 크게 돌았다.

"그런데 너는 가야 해."

"예?"

"가야하거든."

"싫소! 돌아가지 않을 테요!"

무등을 탄 인산은 풀쩍 뛰어내렸다. 그는 어느 새 열여섯 살의 소년의 모습으로 현구를 바라보았다. 현구는 무척이나 고요한 눈빛으로 인산의 얼굴만 쳐다보았다.

"나는 싫소. 여기가 좋소!"

"왜 땅이 싫으냐?"

"나를 밀어내니까. 너무 힘드오. 너무 힘이 드오."

"이리 와 봐라."

현구는 인산의 손을 잡고 어디론가 이끌었다. 인산은 바람처럼 움직이는 현구의 뒷모습을 보며 손을 빼려 했지만 어찌된 게 꼼짝할 수 없었다.

"땅에서는 팔뚝만한 밧줄을 끊는 힘이 있었지만 이곳에서는 아무 소용없다."

그래도 인산은 현구에게 저항을 했다. 그 사이 현구는 우뚝 멈춰 서서 인산을 앞세웠다.

"봐라."

인산이 눈을 들자 그곳에는 한 가족이 살만한 집 한 채가 보였다.

"저게 무엇이오?"

"네가 이십일 간 목숨을 걸고 살려 놓은 가족들이 들어갈 집이었다."

"난 그런 적 없소."

"없다니. 지금 네가 왜 이곳에 왔는지 잊었니?"

현구가 인산을 바라보았다. 인산은 그 틈에 스물 여덟의 나이가 되어 현구와 마주했다.

"죽을 뻔 한 사람들이 네 덕에 목숨을 부지했단 말이다."

"하지만 이곳이 더 좋으니 그리 잘한 일 같지는 않소."

"그렇지 않다. 절대로 그렇지 않아."

인산은 현구의 눈을 바라보았다.

"네가 살아야 한다. 지금까지 네가 살렸던 사람들의 수와는 비교가 되지 않을 만큼 네 손에 수많은 생명이 달려있단 말이다. 네가 지금 이곳에 온다면 그것이 죄다."

현구는 인산의 손을 놓고 그를 밀었다.

"아앗!"

인산은 그대로 바람에 실려 멀리 날았다. 희뿌연 시야 사이로 두꺼비와 짱구가 그에게 손을 흔드는 것이 보였다. 인산은 눈물이 쏟아졌다. 그는 비로소 자기가 다녀 간 곳이 어딘지 깨달았다. 짱구와 두꺼비. 그리고 현구를 만났다. 이곳이 저세상이구나. 인산은 눈을 감았다. 그럼에도 눈꺼풀 안으로는 눈이 시릴 만큼 어마어마한 빛이 들어왔다. 거센 바람이 등 뒤로 불어대자 그는 다시 허공을 날더니 이번에는 용솟음을 치는 듯 그의 몸이 튕겨져 나왔다. 그는 거센 숨을 몰아쉬며 고개를 들었다.

"움직였다! 움직였어!"

그의 귀에는 익숙한 이문도의 외침이 또다시 들렸다.

"을룡아! 들리냐? 눈을 떠라."

인산은 눈을 꿈뻑 거렸다. 그리고 서서히 두 눈을 열었다. 세 명의 장정들이 그를 바라보고 있었다. 그들은 인산과 눈이 마주치자마자 이윽고 환호성을 질렀다.

"살았다! 살아났다!"

인산은 땀에 흠뻑 젖은 이마를 닦으며 주위를 둘러보았다.

"어떻게 된 건가."

그가 물었다.

"자네 죽었었어. 알아? 이십일 내내 의식도 없더니 어제 숨이 떨어 진거야."

이문도는 주먹으로 눈물을 훔치며 인산을 바라보았다.

"이보시오. 당신 죽었다는 말을 해서 내가 저 친구한테 얼마나 뭇매를 맞았는지 아오?"

이문도의 친구가 말했다.

"내가 죽지 않을 거라 했잖나!"

이문도가 그를 돌아보며 다시 소리쳤다.

"장사를 지내는데 어찌할까 하고 고민하던 차에 이의원이 하도 성질을 부려서. 아이고……. 내 당신이 정말 죽었다면 같이 묻어 버릴 참이었소. 하하하."

"나 극락에 다녀왔다. 그러니 죽은 건 맞는 말 같네."

그의 말에 모두가 눈이 동그랗게 되어 숨을 멈추었다.

"진짜요?"

"가서 오래 전 죽은 친구들을 만나고 정신없이 뛰어 놀았어."

인산은 그 말을 하며 눈가에 맺힌 눈물을 눌러버렸다.

"그런데……. 돌려보내더라고."

"……분명히 좋은 친구였을 거다."

이문도가 인산의 어깨를 가만히 두드렸다. 인산은 고개를 끄덕였다.

"이제 좀 먹어야지. 여보!"

이문도는 눈물을 훔치며 자리에서 일어났다. 인산은 옆으로 돌아 누워 잠시 생각에 잠겼다.

-응, 잘 있으니 다행이었어. 정말로 참 다행이었어.

그때 이문도의 어머니가 미음을 가지고 들어왔다. 참으로 많은 눈물을 흘려 눈시울이 아직까지 발그레했다.

"고맙소. 살아나서 정말 고맙소!"

그의 모친은 인산의 손을 잡으며 다시 울었다. 인산은 희미하게 웃어보였다.

-그래, 나는 아직은 살아야 한다.

인산이 원기를 회복하자 이문도의 친구들은 그것을 기다렸다는 듯이 그와 의서에 관한 이야기를 꺼냈다. 그중에서 대구에서 왔다는 김 의원은 인산의 언변과 지식에 온밤을 지새우기도 했다.

"거참, 사람을 일단 멕이고 시작하는 것이라……. 참말로 맞는 소리 같기도 하지만 한편으로는 퍽이나 위험할 수도 있겠다."

"그러니 그 사람의 체질을 정확하게 알아야 한다는 말이지."

"이제마의 사상체질의 반론 말이가?"

"반론이라……. 반론이 아니라 잘못 쓴 부분을 바로 잡는다는 것인데."

"그걸 우에 믿어줄까 모르겠다."

김 의원이 팔짱을 끼며 고개를 갸웃했다.

"어렵을 수도 있다 아이가."

"아무래도 그렇겠지."

"그런데 쉬블 수도 있겠다."

김 의원이 다시 고개를 치켜들며 골똘하게 생각에 잠겼다. 인산과 이문도는 그를 쳐다보았다.

"어떻게?"

이문도가 침묵을 내내 지키다 물었다.

"우리들이 으원을 맹글면 되지. 을룡이, 니. 그리고 내. 우짤꼬? 니도 할래?"

옆에서 꾸벅꾸벅 졸고 있던 서울에서 온 장 의원이 게슴츠레 눈을 뜨며 그들을 바라보았다.

"써주면 하고."

그는 하품을 하다가 이내 자리에 누웠다.

"써주면 할 테니 그때 깨우게……"

그가 눈을 감자 그들은 키득거리고 웃었다.

"그 의원 세울 돈 있으면 유황오리나 키우겠네. 커다란 농장으로 만들어서 아예 오리만 파는 거야."

인산이 입을 열었다.

"글쎄. 그게 효가 난다 캐도 팔릴까 으문이다. 퍼뜩 효가 안 나면 우야노? 우리 배가 고파 잡아 묵을지도 모른다 아이가."

"그럼 더 건강해지는 거지."

인산의 말에 이문도가 따라 웃었다.

"유황오리를 확산 시켜야 할 텐데."

인산이 다시 생각에 잠겼다.

"자자, 으원 짓는 것과 오리 농장은 난중에 짓기로 하고, 그 오색 색소에 관해 말해라."

"색소라……"

인산은 다시 허공을 바라보며 입가에 미소를 지었다. 사실 그는 오색 색소를 말하는 즐거움보다 이렇듯 뜻이 맞는 젊은 의원들과 공부를 하고 함께 병자를 살리는 일에 뛰어든다는 것 자체만으로도 행복감을 느꼈다.

"노란색은 황토. 녹색은 수풀 즉 약초와 채소들이야. 채소 중에서도 또 빛깔을 내는 대로 오색으로 나뉘고, 그것은 각각 주역에서 나온 대로 그 색이 자리를 하고 있는 것이다. 주로 녹황색이 생명을 유지하는데 큰 힘을 주지."

그들은 다시 인산의 이야기에 귀를 기울이며 고개를 끄덕였다. 그때 잠을 자던 장의원이 벌떡 일어나 인산을 바라보았다.

"주역? 자네 그럼 꿈도 해몽하나?"

"때로는."

"나는 요사이 자꾸 물을 보는 꿈을 꾸네. 맑은 물이면 횡재를 한다는데 그럴 쾌가 있을까?"

"그건 자네 신장기능이 떨어졌을 거야. 소변은 어떻게 나오나?"

"……거참 생각해 보니 희한하다."

"뭐가?"

"요즘 피곤하거든. 봐라. 내가 제일 먼저 자고 제일 나중에 일어나지 않냐."

"신장기능이다. 그러니 네 몸이 보여주는 거야."

"거참……"

김 의원이 다시 인산을 바라보았다.

"억수로 희한하대이……"

■　　■　　■

몇 해 전부터 이문도의 집 근처에 자그마한 공장을 세우는 일을 계속하던 일제가 이제는 이문도의 집 앞에도 부지를 놓기 시작했다. 그만큼 인산은 생명의 위협을 느끼게 되었다.

"묘향산으로 갈까 하네."

"아니 왜?"

인산은 이문도를 가만히 바라보다 입을 열었다.

"내가 나 잘난 맛에 건방을 떨며 이름을 감추고 산 것은 결코 아니네."

"응?"

이문도는 인산의 말을 못 알아듣겠다는 듯 반문했다.

"이곳에 있으면 자네도 위험해지네."

그는 그제야 긴 한숨을 내쉬며 고개를 끄덕였다. 이문도는 인산에게 단 한 번도 "나는 독립운동을 하는 사람으로 쫓김을 당하며 병자를 구료하네." 하는 말을 들은 적이 없다. 하지만 앞뒤 정황을 보고 또 그가 춘천교도소에서 목숨을 건 탈출을 감행했을 때 짐작을 했다. 그럼에도 그는 아무 것도 묻지 않았다. 이제 공장이 지어진다면 그만큼 많은 병력이 출동할 것이다.

"그래도 겨울이 지나거든 가게. 겨울은 나고 가야하지 않겠나."

"춥지 않아."

"고집을 부릴 걸 좀 부려보게. 응?"

"춥지 않아. 내 동료들에 비하면 호강이지. 그들은……"

인산은 잠시 말을 멈추고 이문도를 바라보았다.

"그들은 지금 더 추운 곳에 누워있다. 만주에. 그 차가운 바닥에 누워있어. 그러니 난 호강이지."

"이 답답한 사람아!"

이문도가 화가 난 듯 인산의 어깨를 쳤다.

"자네는 산 사람이야. 산 사람! 그들의 죽음은 정말 안타깝고 억울하겠지만 자네는 산 사람이란 말이야. 그게 왜 자네 탓인가? 나는 뭔가. 나는 독립운동에 참여하지도, 군자금조차 지원한 적이 없는 사람이야. 그럼 나는 뭔가. 나보고 어떻게 얼굴을 들고 살라 그런 말을 한단 말인가."

"난 내 생각을 말한 거야. 그러니 자네가 그럴 필요는 없네."

"……자넨 정말 아주 엉뚱하게 미련한 구석이 있어. 아주 사람의 기가 질리도록 지혜롭다가도 이럴 땐 정말."

그는 신경질적으로 눈물을 훔치더니 답답하다는 듯 가슴을 쳤다.

"거기 울화가 쌓이는 곳이야. 하하하. 풀어줘야 해."

이문도는 고개를 저어대더니 전대 주머니를 꺼내어 들었다.

"이것 가지고 가게."

"뭔가?"

"짬짬이 모아 놓은 돈이야."

"그런 건 필요 없어. 난 어딜 가도 살아남으니까. 함지박을 깎기도 하고 소금도 팔고 탄광 가면 광부에 금전판 가면 막일하고. 정말 먹고 살 걱정 없이 지금까지 살아왔네."

"하지만 굶은 날도 많았잖아. 그리고 그건 나를 몰랐을 때의 일이야. 자네가 배를 곯고 추운 방에서 웅크린 채 잔다는 생각은 하고 싶지 않아. 그러니 가져가게. 해봤자 보름간 지낼까 말까한 정도밖에 되지 않으니."

이문도는 인산의 손에 그것을 넘겼다.

"몸조심하고."

인산은 아무 말 없이 고개만 끄덕였다.

인산은 이튿날 아침이 되자 간단한 짐을 챙겨 길을 나섰다.

찬바람이 거세게 불어왔다. 그는 옷깃을 단단히 여미고 익숙해진 마을을 등지고 떠났다.

그렇게 꼬박 열흘을 걸어 태백산맥 끄트머리를 밟았다. 묘향산의 향기가 벌써부터 나는 듯했다. 북으로 갈수록 인산의 발걸음은 빨라졌다. 고향과 가까운 산. 산꼭대기에는 벌써 하얀 서리가 내려 검은 나뭇가지에 보석이라도 뿌린 듯 빛을 내고 있었다.

"왔다……"

그는 양팔을 벌려 크게 숨을 들여 마셨다.

제 5 장

인산은 눈물을 삼키며 하늘을 바라보았다.
43년부터 김두운 선생의 주도하에 추진되었던
총독부 습격을 비밀에 작전하여 활동을 했다.
그러나 안타깝게도 주동인물들이 모두 체포됨에 따라
그는 다시 묘향산으로 피신을 할 수밖에 없었다.
이미 많은 독립투사들이 사형을 당했고
그가 존경하는 김두운 선생은 45년 8월 17일 사형이라 전해 들었다.
인산은 당시 의수의 천마산에 은둔 중이었는데
부인 장영옥과 함께 서울로 향하기로 한다.
김규식 조병옥 정인보 등의 당시의 지도부층과 함께 국사 의논을 위해서였다.

"영춘이네 입 돌아간 거 나은 거 봤어?"
"정말이오?"
아낙들이 손을 호호 불며 빨래를 하다 멈췄다.
"별꼴이네. 어떻게 했대?"
"묘향산 도사님한테 다녀왔다던데?"
"아. 그 도사님."
"향이네도 알아?"
"유명하잖소. 그 양반이 한 육 년 전에 들어갔다고 하던데. 그런데 누가 도사님이라고 부르면 막 성을 낸다지 뭐요."
"나이가 젊으니까 성이 나는 모양이지. 이제 서른이나 됐나?"
"아니던데. 그 사람 생긴 게 좀 젊어 보여서 그런 건지 들기로는 서른 넷인가 그렇다던데. 소금 가져다 주는 송가 있잖소. 그 양반이 형님이라고 하던데?"
"송가가 몇인데?"
"서른둘인가 됐지. 그러니 그 보다 많을 거 아니오."
"송가도 그 사람이 살려 놔서 무조건 형님이라고 하는 건 아니고?"
"에이. 송가 성격에 그럴 사람이오?"
"그 사람 얼굴에서 광채가 난다 하는데 한 번 봤으면 좋겠다."
"아이고. 뭔 그리 관심이 많으오."
 묵묵히 빨래만 하던 사십대 부인이 입을 열자 아낙들은 그제야 빨래를 주물러대기 시작했다.
"거 그 양반 쫓아다니는 처자들 많다더만. 처자는 그런가보다 해도 아낙들이 어찌 그리 관심이 많은지."
 그녀들은 입을 삐죽거리며 퍽퍽 소리를 내며 빨래 방망이를 내려쳤다.
 부인은 그녀들이 침묵을 지키자 미안한 듯 하늘을 바라보았다.
"이제 봄이 다 와가는구나. 저기 눈 녹아내리는 것 봐라."

 인산이 묘향산에 들어온 지 칠년이 접어들고 있었다. 그는 차가운 아침 공기를 들여 마시다 말고 눈이 휘둥그레 졌다.
 절 입구에 허름한 옷을 입은 오십대 남자가 눈물이 그렁그렁해서 서있었다. 그는 인산을 보자 입을 반쯤 벌리고 서있더니 이내 그에게 달려와 덥석 안았다.
"아이고, 이제 살았네. 이제 살았어!"
 빼빼 마른 그는 어디서 그런 힘이 나왔는지 인산의 뼈가 부스러져라 끌어안더니 이내 통곡을 했다.

"뉘시오?"

인산이 주저앉은 그 앞에 마주하며 물었다.

"이눔아! 나다! 나!"

그가 가슴을 치며 소리칠 때 인산이 입을 벌리며 그를 한참 바라보았다.

"안 씨 아주바이 아니오?"

"그래, 이 웬수야! 아이고! 난 이제 살았네. 이제 살았어!"

"아니, 왜 이리 야위었소? 이 얼굴 낯이 왜 이러오?"

"너두 탄광촌에서 뒤지도록 일 해봐라. 이놈아! 이놈아! 나 좀 살려라. 아이고!"

인산은 그의 얼굴을 가만히 감쌌다. 눈물이 그렁그렁한 안 씨의 눈빛은 노란 끼가 돌고 있었고 피부는 검은 잿빛에 혈색의 흔적조차 남지 않았다.

"아주바이. 폐에 병이 든 모양이오."

안 씨는 그 말에 고개를 끄덕이며 주먹으로 눈물을 훔쳤다.

"나 살려 줄 거지? 응? 내가 묘향산에 젊은 도사 소문 듣고 몇날 며칠을 찾아 헤맸는지 모른다. 틀림없이 네놈인 줄 알았어. 돌아가는 내용이 널 두고 하는 소리라 내가 단숨에 왔다."

"참 용소. 그 삼엄한 감시를 피해 오다니."

"감시는 개뿔. 폐병 걸렸다고 하니 내가 뭘 하던 상관도 안하더라. 켁켁"

안 씨가 마른기침을 했다.

"어디 봅시다."

"이눔아. 이 땅바닥 냉골에서 보긴 뭘 봐. 추워 죽겠으니 들어가자."

"들어가도 별반 차이 없소."

인산은 그를 일으켜 세우며 방안으로 들였다. 그의 방안에 발을 넣던 안 씨는 다시 인산을 바라보았다.

"너는 여전하구나. 여전히 냉골에서 이불하나 덜렁 깔아놓고."

"말할 기운이 넘치니 한결 낫소. 아주바이는 틀림없이 나을 거요."

"당연하지. 죽은 놈도 살리는 놈한테 왔으니 살아야지."

인산은 안 씨를 방안에 앉혀 놓고 부엌에 가서 보리숭늉을 끓여 내 왔다. 그가 주는 따뜻한 물을 마시자 안 씨는 한결 나아 졌는지 코를 훌쩍거리며 인산의 얼굴을 가만히 바라보았다.

"너는 나랑 헤어졌을 때의 내 나이일 텐데 어찌 그래 피부가 팽팽하냐. 고생도 안한 모양이네."

"거 긴말 말고 누우시오."

"응, 그래."

안 씨는 인산이 시키는 대로 바로 누워 천장을 바라보았다.

"여기는 무슨 절인데 이렇게 버려졌다냐. 천장의 그림을 보니 꽤나 호사스러웠던 모양인데."

"강선암이오. 묘향산 은봉의 금선대, 설령암, 천마산의 영덕사 등지에 숨어 지냈었는데 어찌된 게 이곳이 가장 마음이 편하오. 그러니 오래 머물 수밖에."

"강선암이라……. 모르겠다."

안 씨는 누운 채로 이리저리 바라보며 눈을 끔뻑거렸다. 인산의 얼굴이 별안간 어두워졌다. 안 씨는 생각보다 심한 상태였다. 그의 폐는 제 기능을 못 할뿐더러 산다 해도 오랜 후유증으로 고생을 할 것이다. 그가 인산을 찾아 온 힘은 기적이라고 할 만큼 그는 그야말로 죽을 힘으로 이곳을 찾아온 것이다.

"아주바이. 여기 좀 있으시오."

"나 배가 고프다. 참 뻔뻔스럽지만 배도 고프고 계집들도 생각이 나고, 나 죽기 전에 배부르게 먹고 계집이나 안아봤으면 좋겠다."

"그 병이 원래 그런 거요."

"뭐? 그런 병도 다 있냐? 폐병 아니야?"

"폐병이 그런 거요."

인산은 그날로 마당에 풀어놓은 유황오리 두 마리를 잡아 가마에 넣고 고았다. 그는 오리를 잡을 때마다 안쓰러움에 괴로워했다. 그러나 그것을 알 수 없는 안 씨는 입맛을 다시며 인산이 내온 오리탕을 맛나게 먹기 시작했다.

"이놈이 여기서 살림이 핀 모양이야. 오길 잘했어."

그 날부터 그가 머물고 있는 빈 절 부엌 굴뚝에서는 연기가 피어오르기 시작했다. 소나무를 잔뜩 넣어 방안은 퍽이나 따뜻했다. 그러나 추위에 익숙한 인산은 그 따뜻한 방에 있자니 죄를 짓는 느낌이라 냉골을 찾아 앉았다.

"아주바이. 이 물을 물대신 마셔야 하오."

"그건 뭔데?"

안 씨가 국물까지 짭짭 소리 내어 마시며 그릇을 바라보았다.

"배로 만든 엿이오. 요 몇 해 전에 만들어 본 것인데 폐병 걸린 사람한테 효가 났소. 그러니 요만큼 떠서 물에 게워 드시오."

"엿이라며 물에 타서 먹으라고? 알았어. 알았어. 시키는 대로 할게. 이러니 꼭 양놈 같네. 양놈들이 그런다며? 밥 먹고 꼭 뭘 처먹어야 다 먹었다고 일어난데. 너 아무래도 양놈 식으로 밥집을 차리면 대성할 것 같다."

인산은 안 씨 말에 웃음을 터뜨렸다. 보통 사람 같으면 말할 기운은커녕 비관하고 죽을 날만 기다릴 텐데 안 씨의 낙천적인 성격은 인산의 마음마저 편하게 해주었다.

"무조건 잘 먹어야 하오. 먹이는 건 내가 알아서 할 테니 아주바이는 그저 내가 주는 것 먹고 기운 내시오. 그래야 병들이 물러간단 말이오."

"근데 요거 맛이 달달하면서도……쌉쌀한 게 개운하다. 뭘로 만든 거라고?"

"죽염하고 마늘, 배로 만들었소."

"킁킁, 마늘 냄새는 안 나는데?"

"처음엔 고약하게 낫소. 하다보니 안 나게 하는 비법을 알게 된 것이고."

"그런데 을룡아. 참 뻔뻔스러운 말인 거 나도 아는데, 배가 부르니 졸립다. 내가 설거지 해줘야 하는데."

"시끄럽고 졸리면 잠이나 자시오."

"그래. 안 그래도 말해놓고 후회했다."

안 씨는 이불을 어깨까지 두르고 옆으로 누웠다.

"그래, 넌 그동안 뭐하고 사느라 여태 장가도 안 간 거냐?"

"염려 마시오."

"서른넷 먹어서 무슨 장가를 가? 그 나이면 벌써 손자를 봤겠다. 주역에는 너 언제 장가간다고 안 나왔어?"

안 씨가 히죽 웃었다.

아닌 게 아니라 인산을 놓고 독립투사 어른들이 서로 사위로 삼으려 신경전을 벌이고 있다는 풍문도 들려왔다. 인산은 특별히 그를 아끼는 어느 지인이 그를 사위로 삼고자 하는 중이었다.

"그런데 여기 이렇게 누워있으니 옛날 생각난다. 그 때는 소나무에 대나무 소금 만든다고 정신 나가있더니 지금은 아주 오리농장을 하는구나. 절에서 오리 잡고 땡중 인 줄 알겠다. 헤헤."

인산도 웃어버렸다.

"뭐 하고 살았나?"

"이곳에 온 게 벌써 칠 년에 접어드오. 이 명산에는 식물과 나무 동물들이 많아 그것만 쳐다보고 있어도 세월 금방 가더이다."

"계속 여기만 있었단 말이야? 그러니 여자를 만날 시간이 있나 이 사람아. 그래, 집에는 안 가 봤고?"

"몇 번 다녀갔지만 오래 머물다가는 우리 부모 형제 위험에 빠질 것이니 도둑처럼 밤에 다녀가 새벽이 되기 전에 나오기만 반복했소. 이것도 불효라면 불효지만 다행스레 우리 부모님은 자랑스러하오."

"그야 그렇지. 장가 못간 게 속이 썩을지는 몰라도."

"하하."

"을룡아."

"예."

"고맙다."

안 씨는 코를 벌름거리며 인산을 바라보았다.

"내가 살든지 죽든지 그건 하늘이 알아서 하시겠지. 설령 내가 죽는다 해도 네 원망은 안할 거야. 난 네가 나를 기억해 주고 또 나를 살리려 애쓴 것만 해도 아주 큰 은혜를 입은 거다. 그러니 너도 편하게 마음먹고."

"거참, 힘이 넘치다 못해 혀에 태엽이라도 감은 줄 알겠소."

"저 눔이!"

그로부터 한 달 내내 안 씨는 인산이 시키는 대로 목이 마르건 안 마르건 간에 배엿 물을 틈이 나는 대로 마셨다. 안 씨의 일과는 그야말로 먹고 자고 쉬는 것이 전부였다. 그의 혈색은 서서히 좋아졌고 기침하는 횟수도 확연하게 줄어들기 시작했다.

"훈장님 저희 왔습니다."

어린 아이들의 목소리에 안 씨가 눈을 번쩍 떴다.

"훈장님? 여기 또 누가 계시나?"

"아니오."

인산이 일어나자 안 씨도 덩달아 일어났다. 마당에는 예닐곱 명의 아이들이 인산을 향해 인사를 올렸고 인산은 법당으로 들어가 자리를 마련했다.

"뭐야. 을룡이가 훈장이었다는 거야?"

안 씨는 아이들이 가지런하게 신발을 벗는 것을 멀뚱하니 바라보며 중얼거렸다. 이윽고 아이들은 일제히 입을 모아 안 씨로서는 못 알아들을 한문을 줄줄이 읊어나갔다. 안 씨는 그리로 살금살금 다가가 안을 살펴보았다. 다섯 살 정도로 되어 보이는 세 명의 아이들은 바닥에 엎드려 한글을 쓰고 있었고 나머지 아이들은 한문을 읽으며 몸을 좌우로 흔들고 있었다.

"거참……. 을룡이의 정체는 과연 무엇인고……."

석 달이 지났다. 인산은 안 씨 몸 상태를 살펴 본 후 크게 웃어 버렸다.

"왜 그래?"

"아주바이. 아주바이 위해 목숨을 던진 오리들에게 절이나 하시오."

"왜? 오리 귀신들이 붙었어?"

그가 좌우를 돌아보며 인산에게 바싹 다가와 앉았다.

"싹 나았소. 의심 되거든 아랫마을 의원한테 보여 보시오. 요 아래는 양의사들이 병원도 세워놨으니 거기도 좋고."

안 씨는 인산의 등을 세게 두드렸다.

"내가 나은 건 내 몸이 더 잘 알아. 어제는 세수를 하려고 마당에 갔다가 물에 비친 내 얼굴을 봤는데 울음이 나오지 뭐야. 전에는 탄광 벽에 들러붙은 누룽지 같은 얼굴이었는데 이렇게 뺨따구에 살도 붙고. 그러니 내가 나은 건 내 몸이 더 잘 알지."

안 씨는 기분 좋게 큰 소리로 웃다가 별안간 인산을 끌어안았다.

"난 이제부터 네 옆에 딱 붙어 살 거야."

"하하하."

"그런데 을룡아. 내가 진작에 말을 하려 했는데."

꽃 피는 救療神話 207

"뭘 말이오?"

"저기 말이다."

안 씨는 조금 망설이는 눈빛으로 그를 가만히 바라보았다. 인산이 고개를 끄덕이자 안 씨는 조금 돌아 앉아 시선을 다른 곳에 두고 입을 열었다.

"나 다례 소식을 들었다."

인산의 표정은 별안간 어두워졌다. 그 역시 다례를 보았다. 가여운 다례. 어떻게 지내고 있을까. 살아는 있을까.

"그 아이가 정신대라는데 그 소리 듣고 놀라 자빠지는 줄 알았다."

"……아오."

"응? 알아? 알고 있었어? 어떻게? 누가 그러디?"

안 씨는 냉큼 돌아앉아 인산을 바라보았다. 그러나 인산은 침묵을 지키다 천천히 입을 열었다.

"아주바이. 부탁이 있소."

"뭔데?"

"그 아이의 이야기는 다른 사람들에게 안했으면 하오. 그 아이를 위해서 할 수 있는 것은 그것 밖에 없소."

안 씨는 손 사례를 치며 인산을 바라보았다.

"너한테만 말한 거야. 너한테만. 그렇게나 너를 사모했는데 그 아이가 너무 가엾잖아."

인산은 어금니를 꽉 다물고 시선을 돌려버렸다. 안 씨는 다시 비스듬히 돌아앉아 중얼거려댔다.

"그게 다 그 썩을 놈 때문이지 뭐니. 응? 그 착하고 이쁜 아이 꼬

드겨가지고 도망 나오더니 한 여자의 일생을 그리 망쳐놓고 그 잘난 뒤통수 한 번 비추질 않네. 그놈은 죽을 때 아주 똥창을 목에 감고 죽어야해."

"그만하시오……."

안 씨는 코를 벌름거리며 눈시울을 닦았다. 인산 역시 긴 한숨을 내쉬고 자리에서 일어났다.

"어딜 가냐?"

"메주 띄우러 가오."

"메주? 너 메주도 만들 줄 아냐?"

"옛날에 우리 할마이랑 한 번 해 본 게 있는데 실험하고 싶소."

"메주로 실험하는 건 또 뭐냐? 메주도 너한테 실험 당하는 거 알고 있냐?"

"내가 여덟 살 적에 우리 할마이랑 쥐눈이콩으로 메주를 만들어 봤소. 몰래 만들어 봤는데 아주 기가 막히오."

"쥐눈이콩? 시목대를 말하는 기나?"

"예. 그게 해독력이 아주 무섭소."

"무서운 걸 왜 만져?"

"하하. 생각해 보시오. 그렇게 강한 해독력이 있는 콩과 죽염으로 만든 메주로 간장이고 된장을 만들어 먹으면 자연적으로 건강하게 될 것 아니오."

"완전 아낙이네, 아낙이야. 너한테 장가오는 여자가 누군지는 몰라도 아주 팔자 펴겠다. 서방이 오리고기 해다 받쳐 줘, 메주까지 만들어줘, 간장에, 소금에, 아프면 병도 고쳐줘. 아주 잘 먹고 잘살겠다.

헤헤헤. 그거 다 되거든 된장국 좀 끓여줘라."

"메주 만들 때나 도와주시오."

"아이고 골이야……."

안 씨는 이불을 뒤집어쓰고 자는 체 했다.

■　　■　　■

"계시오?"

안 씨는 귀를 파다말고 한 쪽 눈만 뜨며 돌아보았다. 멀끔하게 생긴 오십대 신사가 석탑 옆에서 중절모를 벗어들고 있었다.

"뉘쇼?"

안 씨는 귓밥을 훅 불어 털며 자리에서 일어났다.

"지을룡을 만나러 왔소."

안 씨는 침을 꼴딱 삼키며 긴장했다. 적군인지 아군인지 알 수 없는 상황에서 그는 침착하게 말문을 열었다.

"그는 죽었소."

"뭐라 했소?"

"지을룡은 죽었다 했소. 돼지뱀에 물려 죽었는데."

신사는 눈이 휘둥그레 되어서 털썩 주저앉아버렸다.

"사실이오?"

"내가 두 눈으로 봤소. 그런데 무슨 일이오?"

"아니, 세상에 이럴 수가! 이럴 수가!"

신사는 얼굴을 감싸고 소리 내어 울기 시작했다. 그쯤 되니 안 씨는 믿을 만한 자라 싶어 천천히 다가왔다. 그 때 인산이 걸어 나왔다.

"아니, 김 선생님!"

김 선생이라는 사람은 고개를 번쩍 들었다.

"을룡아! 어찌 된 일이냐?"

"아니, 선생님이야 말로 이 산을 어찌 혼자 오셨습니까?"

"저, 양반 말로는 네가……"

안 씨는 허둥지둥 법당으로 쑥 들어가 버렸다.

"예?"

"네가 돼지뱀에 물려 죽었다고 하더라."

"하하하."

인산은 크게 웃으며 법당 문 사이로 눈을 내밀고 있는 안 씨를 바라보았다. 안 씨는 이크 하는 소리를 내며 문을 닫았다.

"아주바이, 대체 돼지뱀이라는 게 뭐요? 하하하하."

"몰라!"

얼마 후 안 씨는 방안에 마주앉은 그들에게 차를 내왔다. 그는 무척이나 긴장한 얼굴로 김 선생이라는 사람을 힐끔힐끔 바라보았다.

"고맙소, 선생. 내 선생 같은 사람이 우리 을룡이 옆에 있다는 것이 무척이나 든든하오. 허허허."

"하지만 저눔이 쑥 나왔지 뭡니까. 만약에 선생님이 왜놈이었다면 어찌 되었겠습니까. 생각만 해도 아찔합니다."

"돼지뱀에 위협을 받아 내 빼었겠지요."

김 선생 말에 인산은 소리 내어 웃었다. 안 씨는 얼굴이 벌개져서 다시 허둥지둥 방을 나섰다.

"아이고, 땀난다."

안 씨는 마루턱에 걸터앉아 이마의 땀을 닦더니 이내 그들의 이야기에 귀를 기울였다.

"자네 생각은 해 보았나. 우리 딸아이가 안절부절이야. 요즘 아이들은 예전 같지 않아 어찌나 표현을 하는지. 딸자식은 다 소용없다는 말이 절로 실감나네."

"그리 생각해 주시면 저야 고마운 일이지만 저 역시 부모님과 이야기를 해봐야 합니다."

"그야 물론이지. 그러나 서둘렀으면 좋겠네. 우리 아이도 과년한 나이가 되어가는 지라."

"예, 금주 안으로 집에 다녀오겠습니다."

안 씨는 그들의 말에 무릎을 쳤다. 그리고는 히죽 웃으며 자리에서 일어났다.

"이놈이 드디어 장가 가는 모양이네. 헤헤."

인산은 이른 아침에 채비를 하고 집으로 향했다. 안 씨는 그를 보호하겠다는 일념 하에 인산의 만류에도 불구하고 보따리 하나 덜렁 안고 그의 뒤를 따랐다.

"이놈아. 위장이 된단 말이다. 내가 어딜 봐서 독립군처럼 생겼냐? 또 네 말동무도 되어주니 얼마나 좋냐."

"알았소. 알았소."

인산은 고개를 설레설레 저으며 웃었다.

"의주라면 여기서 멀지 않은 곳이잖아."

"그래도 꼬박 사흘은 가야 할 것이오."

"그래, 걷자. 석 달 넘게 절에서 지내니 아주 죽을 노릇이다. 속세가 그립다."

정오가 될 무렵 그들은 허기를 느껴 잠시 쉬기로 했다. 그들은 냇가에 앉아 세수를 하고 삶은 감자를 꺼내어 먹었다.

"이러고는 못 살겠다. 아무리 배가 고파도 뭐든 오래 씹어 먹는 게 제일인데 말이야. 아까 보니 멧돼지가 죽어있던데 그거라도 잡아 올까?"

"그만두시오."

"왜?"

"그리 아무거나 먹으면 안 되거든요."

"안되긴 뭐가 안 돼? 산신령이 온통 먹을 거 뿌려 놓았으니 잡아 먹으라고 하는데."

"아주바이. 믿건 안 믿건 내 말 좀 들어보시오."

"해봐라. 믿도록 애쓸 테니."

"아주바이 영독(靈毒)이라고 들어보았소?"

"그건 뭐래?"

"그야말로 영혼의 독이오."

"몰라. 처음 듣는데?"

"들짐승이건 집안에서 키우는 동물이건 눈을 감고 죽은 것은 먹으면 큰일 나오."

"동물도 눈을 감고 죽어?"

"그렇소. 그렇게 눈을 감고 죽은 것에는 영독이 흐르오. 그걸 먹으면 대번에 죽고 마오. 그렇게 그게 무서운 거요."

"영독이 왜 생기는데?"

"사람이 짐승으로 환생한 거요."

"에라이. 그런 게 어딨나?"

"내 오래 전에 그런 것을 본 적이 있소. 눈감고 죽은 뱀도 보았고. 또 한 십년 됐는데 눈을 뜨고 죽은 동물을 잡아먹어 사람들이 죽었소. 내가 보니 그 동물은 그 마을에서 살던 고약한 사람의 혼이 들어가 있는데."

"야, 무섭다. 그만해라."

"하하하. 그러니 아무 것이나 잡아먹으면 안 되오. 개도 함부로 먹으면 큰일 나고."

"무섭다니까 그러네. 감자만 먹을 테니 그런 말 하지마라."

안 씨는 눈을 흘기며 감자를 꾸역꾸역 먹었다.

"하하하."

저녁이 될 무렵 하늘이 온통 회색구름에 쌓이더니 이내 비가 쏟아졌다.

"아주 골고루 한다. 골고루 해."

안 씨가 눈을 깜빡거리며 하늘을 쳐다보았다. 그들은 서둘러 마을에 접어들어 비를 피할 곳을 찾기 시작했다.

"거참 나야 아무 곳이나 등 붙이고 눈감으면 그만인데 아주바이가 걱정되오."

"나도 그래."

인산은 조만간 그에게 쑥뜸을 떠 그 독을 완전히 뿌리 뽑을 참이었다. 그러나 안 씨는 인산이 틈이 나는 대로 뜸을 뜨는 것을 보고 기겁을 하고 쑥 냄새가 나면 아예 법당에 들어오지도 않았다.

"저기서 묵읍시다."

인산이 한 인가를 가리켰다.

"재워줄까?"

"가 보면 알겠지요."

인산은 사방에 불이 켜져 있는 집으로 다가가 문을 두드렸다. 그러나 사람은 한참을 기다려도 나오지 않았다.

"어쩐 일이냐? 불은 켜있는데 나오지 않으니."

"이 집에 환자들이 가득하오."

그 뒤를 지나가던 한 영감이 입을 열었다.

"그 집 사람들 도통 나을 기미가 보이지 않아. 혹시 잘 곳이 없어 그렇다면 우리 집으로 와도 좋소. 우리 할멈이 사람들을 좋아해서 반겨 줄 거야."

"그렇다면 영감님. 저는 됐고 이 사람을 좀 부탁합니다."

"왜? 왜?"

안 씨가 인산을 마주하고 따지듯 물었다.

"아픈 사람들이 가득 있다 했지 않소. 아주바이 병 걸리면 어쩌려 그러오?"

"뭐야. 그 집에 들어가려고?"

인산은 아무 대답 없이 문을 두드렸다. 이윽고 파리한 낯을 가진 한 처녀가 문을 열었다.

"누구시오……"

인산은 처녀의 얼굴을 바라보다가 처녀 머리 너머 안채를 바라보았다.

"식구가 몇이나 되오."

"여덟이오."

"모두가 아프오?"

"예. 그나마 제가 제일 낫소."

"을룡아, 그만 가자. 이 마을에 의원하나 없겠냐. 너도 갈 길이 바쁘지 않냐."

안 씨가 인산의 팔을 잡아당길 때 처녀는 힘없이 풀썩 주저앉아 버렸다.

"이래도 그냥 갈 수 있겠소."

인산이 안 씨를 돌아보자 그는 쯥 소리를 내며 마당에 발을 들였다. 뒤에 서있던 영감은 멀뚱멀뚱 그들을 바라보다 집으로 향했다.

집안사람들은 복통과 구토를 하는 통에 온통 탈진이 된 상태였다. 안 씨는 코를 감싸 쥐며 방안에는 얼씬도 하지 않았다.

방에 누운 처녀의 부모는 낯선 사람을 보며 경계했지만 그가 맥을 잡고 침을 놓아주자 그의 얼굴을 찬찬히 바라보았다.

"그런데 누구요? 어찌 알고 이 집에 들어왔소?"

"그냥 지나가던 사람이오. 해를 끼치지 않을 테니 마음 놓으시오."

"마음 놓으시오!"

안 씨가 덩달아 외쳤다.

"보아하니 가족들 전체가 장질부사에 걸린 모양이오. 아주바이. 날이 밝는 대로 이 화제로 약 좀 지어다 주시오."

인산의 말에 안 씨는 인상을 찌푸리며 고개를 끄덕였다.

"허어, 참. 김 선생이라는 사람은 너를 목 빠지게 기다리고 있을 텐데 벌써 사흘이 지났다."
"할 수 없소. 사람이 아파 누워있는데 그럴 수는 없소."
"내가 네 호를 지어준다면 오지랖이라고 할 테다."
안 씨가 눈을 흘겼다.
"하하. 그거 마음에 듭니다."
그 사이 사람들은 병세가 호전되어 걷기도 하고 음식도 삼킬 수 있게 되었다. 그러나 유독 병약해 보이는 처녀는 아직도 누워있다.
"의원님. 우리 아이 괜찮을까요."
처녀의 어머니가 눈시울을 붉혔다.
"본래 약하게 태어난 몸이오."
"예, 맞소. 내가 나이 들어 난 아이라 그런 모양이오."
"지금부터라도 체력을 키우면 되니 염려 안 해도 좋소."
"그나저나 이리 신세를 지고, 어떻게 보답해야 할지……."
"하하. 어차피 하룻밤 신세 지려 들어온 사람입니다. 덕분에 비도 피하고 은혜를 갚게 되었으니 그런 말씀 마시오."
"그놈의 비 때문이지."
안 씨가 입을 삐죽거렸다. 처녀는 창백해진 얼굴로 천천히 호흡을 했다. 숨소리가 들리지 않나 싶으면 이내 들이 마시고 그로부터 한참을 있으니 다시 내뿜기를 반복했다.
"따님도 그렇지만 부인의 경우는 본래 장이 튼튼하지가 않소. 위낙에 물만 조금 바꿔 먹어도 금방 탈이 나는 체질이오."

"아이고, 맞습니다."

옆에 있던 처녀의 아버지가 손뼉을 치며 고개를 끄덕였다. 인산은 종이에 화제를 적어 그녀 앞에 내밀었다.

"약방에 가서 이대로 달라 하시오. 그걸 물처럼 마시면 한결 좋아질 것이오."

"이게 뭡니까."

그 때 안 씨가 끼어들었다.

"거 말해도 모르니 이 사람이 하라는 대로 해보쇼. 난 폐병 걸려 죽을 몸이었는데 석 달 만에 벌떡 일어난 사람이오."

"아, 그렇습니까. 어쩐지 범상치 않더이다."

처녀의 아버지가 고개를 끄덕이며 인산을 바라보았다.

영옥이라는 이름의 열일곱 아가씨는 일주일이 지나자 자리를 털고 일어났다. 인산은 안 씨와 집으로 향하기 위해 채비를 했다. 하지만 그 집 안주인은 그들을 만류했다.

"이렇게 보내면 도리가 아닙니다. 제가 오늘은 제대로 된 상을 올리고 싶으니 부디 뿌리치지 말아주시오."

안 씨는 인산의 옆구리를 꾹꾹 찌르며 머물자는 신호를 보냈다.

"어마이. 몸도 나았으니 나는 그네를 뛰고 싶어요."

영옥이 얼굴에 홍조를 띠우고 졸라댔다.

"아유, 이 아이가 이렇습니다. 말도 못할 무렵부터 그네를 그렇게 뛰더니 아직까지 이렇습니다."

"하하. 본래 평안도 여성들의 특기가 아니오. 건강해졌으니 무탈

할 것입니다."

인산의 말에 영옥은 살짝 웃었다.

"아주바이 고맙소."

"어허, 아주바이라니. 아직 장가도 안간 총각이오!"

안 씨가 끼어들었다.

"참말이오? 아니 선생님 같은 분이 어찌 여태 장가를 안 드셨다 하오?"

안주인은 함박 웃으며 박수까지 쳤다. 안 씨가 이번에는 안주인을 바라보았다.

"참 심보 고약하고. 남 장가 안간 게 그리 좋소?"

"너무 좋아 그러오. 우리 딸아이 어떻소? 응?"

인산은 얼굴이 벌게졌다.

"아직 어린 소녀인데 어찌 그런 말씀을 하시오?"

그러나 영옥은 인산의 옆에서 얼굴을 붉히며 그를 힐끔힐끔 바라보았디.

"나 어리지 않소……."

사람의 인연이란 묘한 것이다. 인산은 김 선생 집 딸과 혼인 이야기를 올리러 집에 가던 차에 장 씨 집안사람들의 병을 돌봐준 일을 계기로 그 집안의 사위가 되었다. 그의 나이 서른다섯이 되던 해 열일곱의 처녀 장영옥과 백년가약을 맺게 된 것이다.

"을룡아. 네가 참 깊은 뜻이 있었구나. 저리도 꽃다운 나이의 색시를 얻게 되다니. 쯥. 오래 참은 보람이 있다!"

안 씨가 족두리를 쓴 영옥을 보며 중얼거렸다.

■　　■　　■

아침부터 날이 후덥지근했다. 인산은 함지박을 짊어지고 마을에 들어서자 그것을 내려놓고 이마의 땀을 닦았다. 안 씨는 인산의 뒤에서 코딱지를 파다 쌀집 앞에 사람들이 구름같이 모여 있는 것을 보고 슬금슬금 그리로 다가갔다. 그러나 이상하게도 사람들은 아무 말도 안하고 미간에 주름을 만든 채 라디오에 귀를 기울일 뿐이었다.

"뭐하시오?"

안 씨의 말에 모두가 일제히 손을 저어대며 조용히 하라 했다. 안 씨는 그들이 바라보고 있는 라디오를 쳐다보며 인산에게 손짓을 했다. 인산은 안 씨에게 다가갔고 그 역시 낯선 사람들의 침묵에 동참했다.

시커먼 라디오에서는 미국 연합군 사령관의 목소리가 들려왔고 뒤따라 일본인이 그의 말을 통역했다.

"태평양 전쟁에서 일본은 연합국에 항복했다."

사람들은 여전히 숨을 죽이며 조금 더 바싹 라디오 앞에 다가왔다. 이윽고 일왕이 모기만한 소리로 낭독을 하기 시작했다.

"나는 신이 아니오. 나는 여러분과 같은 평범한 사람일 뿐이오. 일본은 모든 정치적 권한을 연합군 사령관에게 맡기오. 일본은 전쟁에서 패했습니다."

사람들은 침을 꼴딱 삼키며 서로를 바라보다 이내 누구라고 할 것 없이 만세를 불렀다.

"만세! 광복이다! 대한독립 만세다!"

그들은 온 동네를 달려 나가 조국의 광복을 외치고 다녔다. 라디오를 듣지 못한 사람들은 그들이 외치는 소리에 울음을 터뜨렸다.

"진짜요? 진짜 우리가 독립한 거요?"

"대한 독립 만세라니까!"

"만세! 왜놈들이 물러간다! 만세!"

길을 가던 사람들은 그 모습에 술렁이다 이내 함성을 지르며 마을을 뛰어 다니며 조국의 광복을 외쳤다. 쌀집에는 안 씨 인산이 덜렁 남아 서로를 바라보고 있었다.

"을룡아. 일본 망하면 자동으로 우리가 독립된 거냐? 딴소리 하는 거 아니지?"

"독립이오. 우리가 독립했소!"

인산은 안 씨의 손을 번쩍 들고 마을을 뛰어다녔다. 귀가 어두운 노인들은 난리가 난 줄 알고 맨발로 허둥지둥 길을 나섰다.

"무슨 일이오? 불이라도 났소?"

노파가 인산의 앞을 막으며 물었다.

"할마이! 해방이오! 독립됐소! 왜놈이 망했단 말이오!"

"아이고! 아이고! 아이고!"

노파는 땅에 주저앉아 통곡을 했다.

"아이고! 내 놋그릇 내놔라! 이놈들아! 내 놋그릇!"

"선생님 이제 사셨습니다."

인산은 눈물을 삼키며 하늘을 바라보았다. 43년부터 김두운 선생의 주도하에 추진되었던 총독부 습격을 비밀리에 작전하여 활동을 했다. 그러나 안타깝게도 주동인물들이 모두 체포됨에 따라 그는 다시 묘향산으로 피신을 할 수밖에 없었다. 이미 많은 독립투사들이 사형을 당했고 그가 존경하는 김두운 선생은 45년 8월 17일 사형이라 전해 들었다.

인산은 당시 의주의 천마산에 은둔 중이었는데 부인 장영옥과 함께 서울로 향하기로 한다. 김규식 조병옥 정인보 등 당시의 지도층과 함께 국사를 의논하기 위해서였다.

■　　　■　　　■

"을룡아. 아니, 이제 제대로 네 이름을 불러보자. 운룡아."
"발음상으로는 을룡이 더 편하실 텐데."
김두운 선생의 말에 인산이 너스레를 떨자 사람들은 일제히 웃음을 터뜨렸다. 광복 후 독립투사들이 모인 자리였다. 상석에는 김두운 선생을 비롯한 여러 투사들과 많은 동료들이 마주 앉아 웃고 있었다.
"을룡아."
"예, 선생님."
"여기 계신 선생님들과 네 호를 지어보았다. 인산(仁山)이다. 어질 인에 뫼 산. 그 의미는 네가 잘 알 것이다."
인산이 난감한 표정으로 그들을 바라보았지만 그들은 일제히 박수를 쳤다.
"자네 의술에 수많은 동료들과 우리 대한의 국민들이 살아났다. 또한 근 이십년이나 산에 숨어 지내며 이름도 알지 못하는 사람들을 부지기수로 살렸다는 것은 이미 파다하게 소문이 난 터이고."

"그럴 때마다 우리가 얼마나 가슴을 졸였는지 아나?"

누군가의 말에 모두가 웃음을 터뜨렸다.

"자네의 활인구세(活人救世) 정신을 높이 사고 또 감사한 마음으로 인산이라는 호를 붙이니 부디 받아주시게."

인산은 광복을 계기로 스스로 이름을 일훈(一勳)이라 개명을 하고 정치계에 입문을 했다.

하지만 그의 포부와 꿈은 이내 거품처럼 사라지고 말았다. 여기저기서 당이 생겨나고 의견대립과 권력다툼이 보이자 몹시도 괴로워했다.

인산을 아끼던 정치인들은 어찌했던 간에 새로운 정부에 그를 투입하려 부단히 애를 썼다. 하지만 인산은 정치적인 야망보다 국민의 건강 증진에 주력을 해야 한다고 말했고 어렵사리 자리한 이승만 대통령과의 대면에서는 양의학과 한의학의 조화로 만들어진 병원을 세워 줄 것을 요구했다.

"한의학이 대체 뭡니까? 바늘을 꼽고 맨살에 불을 올려 사람을 고친다고 하는데 그건 아프리카의 미개족이나 하는 짓이오. 어찌 그런 것을 의학이라 한단 말이오."

미국측 대표가 비웃는 말투로 인산을 바라보았다.

"뜸은 아픈 부위를 스스로 찾아가 알아서 고쳐 주는 방법이오. 칼 없이도 고친다는 말이오."

"연기와 바늘로 말이오? 하하하."

"그럼 선진의술이란 무엇이오. 배를 가르고 잘라내는 것이 고치는 것이오? 그게 몸을 낫게 하는 것이오? 잘 생각해 보시오. 약초 스스로가 병을 잡아 나오는 것이 미개 한 것인가 아니면 살을 찢다 다른 병균에 감염되어 목숨까지 잃게 하는 것이 미개한 것인가. 환한 불을 켜놓고 잘 드는 수술칼로 배를 잘 가른다 하여 현대의술이라는 말을 붙이는 자체가 우습소. 물론 기술은 뛰어나지요. 인정합니다. 하지만 그게 다는 아닙니다. 더 이상 할 말이 없으니 미개한 돌팔이는 물러갑니다."

"이보게 인산!"

지인 중 하나가 자리에서 일어나는 그를 잡았다.

"고집을 피울 것을 피워야지."

"이러지 마시오."

인산은 냉정한 말투로 그를 바라보았다.

"대체 왜 이러나."

"내 인생이 참으로 한심하게 느껴집니다. 나라를 찾고 나서 이런 일이 생기다니. 국민들이 영양실조에 배를 곯고 아파 누워있는 마당에 자리다툼이라니요. 국민이 첫째고 그 다음이 왕이요, 국민이 건강해야 나라가 존재하는 법이오. 이런 자리다툼을 위해 동료를 잃어가며 피눈물을 흘린 줄 아시오? 역겹소!"

그는 팔을 뿌리치고 회의장을 박차고 나왔다. 그의 말에 모두가 불편한 시선으로 나지막한 신음소리만 내었다.

인산은 그 이튿날 아무런 미련 없이 아내의 손을 잡고 묘향산으로 들어가 버렸다. 그렇게 그곳에서 얼마를 보낸 후 그는 이문도에게 찾아갔다. 이문도는 여전히 버선발로 인산 내외를 맞이했고 그곳에서 며칠을 지냈다.

"문도야. 나와 부산으로 가자. 오 년 안에 나라에 큰일이 난다. 부산은 안전하다."

"그게 무슨 말이냐."

이문도가 어안이 벙벙한 표정으로 그를 뚫어지게 바라보았다.

"어머님 연로하시고 네 처도 이제 곧 셋째 아이를 낳을 텐데 빨리 움직일수록 좋다. 나를 믿고 따라줬으면 한다."

이문도는 잠시 생각에 잠기더니 이내 고개를 끄덕였다.

"김 의원이 부산 쪽에 한의원을 차릴 생각이라 하더라. 병원처럼 세울 생각이라 안 그래도 와달라고 했다. 게다가 너와 함께라면 김 의원은 좋아하겠지. 곧 네 말대로 따르마. 부산에 가겠다. 언제쯤 갈 텐가."

"내년 가을에 움직일 생각이네. 부모님과 형제들 그리고 처가 식구들 모두 움직일 거야."

"그래, 나도 이곳을 정리해야 하니 그 정도의 시일이라면 충분하다. 같이 움직여보자."

■　　■　　■

인산은 아내 영옥과 함께 밭을 따라 집으로 향했다.

영옥은 아이처럼 콧노래를 부르다 인산의 손을 잡았다. 그러다가 예쁜 꽃이 보이자 그 앞에 다가가 한참을 쳐다보았다.

"참 예뻐요."

영옥은 꽃 앞에 서서 돌아보았다. 인산이 고개를 끄덕끄덕 해주었다. 영옥은 꽃을 꺾을 것처럼 손을 내밀었다 이내 다시 허리를 꼿꼿하게 펴고 종종걸음으로 인산 옆에 섰다.

"왜 안 꺾고?"

영옥이 가만히 고개를 흔들었다.

"저리 예쁜 걸 가져오면 얼마 못가 죽을 것 아녀요. 그리고 수선이라는 글도 생각이 나고……."

"수선?"

"예. 어떤 이가 쓴 수필 중에서 봤어요. 수선화야 너는 왜 여기 있니 하고 꽃하고 이야기 하는 내용인데 수선화가 말하기를 나는 고향에 가고 싶고 꽃도 보고 싶고 하늘도 보고 싶고 새소리로 듣고 싶은데 이 방에 와있다고 해요. 그게 자기 운명이라고 슬퍼해요."

인산은 집에 들어서자마자 물을 길어다 손발을 씻었다. 그 사이 영옥은 부엌에 들어가 솥을 걸고 점심 준비를 하였다. 오후 두 시가 넘은 늦은 시간의 점심이다. 인산이 수건을 목에 걸고 하늘을 올려보자 멀리서 산새가 삐삐삐하고 울어댔다.

"에그머니!"

영옥이 부엌에서 소리쳤다. 인산은 놀라 부엌으로 달려갔다.

"왜 그러냐."

그가 부엌에 들어서자 영옥은 인산의 뒤로 숨어버렸다. 그리고 손가락으로 한 구석을 가리켰다.

"두꺼비! 두꺼비요!"

인산은 그는 두꺼비를 내어 쫓기 위해 다가갔다. 그런데 두꺼비는 눈을 꿈뻑꿈뻑하더니 깨깨깨깨 하는 소리를 내었다. 그 소리에 영옥이 살짝 쳐다보았다. 이번에는 영옥을 보며 깨깨깨 하는 소리를 냈다.

"배가 고픈 모양이에요."

영옥이 인산을 바라보다 두꺼비를 쳐다보았다.

"배고프니?"

영옥이 한 걸음 다가갔다. 두꺼비는 눈만 꿈뻑거리며 훅훅하고 숨을 쉬었다. 그 모습에 인산은 웃음이 났다. 그리고 금세 콧등이 시큼해졌다. 오랜 친구 두꺼비가 떠올랐기 때문이다. 인산은 두꺼비 앞에 앉았다.

"야, 이 녀석아. 내가 친구 그리워하는 줄 알고 내 앞에 나왔느냐?"

두꺼비는 인산을 보며 깨깨깨 소리를 내었다.

"밥 좀 줘볼까요?"

영옥이 허리를 굽혀 두꺼비를 바라보다가 인산에게 속닥거렸다.

"두껍아. 배가 고프냐."

영옥은 얼른 솥에 붙은 밥을 긁어내어 인산에게 줬다. 인산은 그것을 받아 들고 조금씩 떼어 두꺼비 앞에 던졌다. 두꺼비는 앞에 날아오는 밥알에 한 쪽 눈만 꿈뻑 감더니 이내 낮게 뛰었다. 인산이 다시 밥 알갱이를 던지자 두꺼비는 혀를 날름 뻗어 밥알을 받아먹었다.

"아하하하."

영옥이 어린아이처럼 박수를 치고 웃었다. 인산은 그런 영옥을 돌아보았다.

"줘 볼 테요?"

"예, 내가 한 번 줘볼래요."

영옥이 인산 옆에 쪼그리고 앉아 두꺼비에게 밥을 던져 주었다. 두꺼비는 또 받아먹었다.

"맛 좋냐?"

인산이 웃었다.

"귀여워요."

영옥의 말을 알아듣기라도 했는지 두꺼비는 영옥 쪽으로 폴짝 방향을 바꿔 눈을 끔뻑거렸다.

두꺼비는 그 다음날도 부엌에 있었다. 그 다음날도, 그 다음날도. 그래서 영옥은 찬밥 덩어리를 두꺼비에게 먹이는 것으로 아침 일과를 시작하게 되었다. 그렇게 삼사일 부엌에 있던 두꺼비가 어느 날부터 그들이 밭에 나갈 때면 따라다니기 시작했다. 그것이 희한한 듯 영옥은 바구니를 이편저편 옮겨 들으며 계속 웃어댔고 인산도 강아지처럼 따라다니는 두꺼비를 귀여워했다. 두꺼비는 그들이 일을 하는 동안에 바구니 옆에서 깨깨깨 소리를 내며 눈을 끔뻑 거렸고 참을 먹을 때도 날름날름 밥알을 받아먹었다. 처음에 비명을 지르던 영옥은 아예 그녀의 치마 위에 올라오라 손짓까지 했다. 두꺼비는 그 말을 알아듣기라도 하는 듯 폴짝 뛰어 치마 위에 앉았다. 영옥은 아기한테 하듯 혀를 차며 두꺼비 소리를 내며 좋아했다.

"좀 더 자란 것 같지 않아요? 큰 것 같지요?"

"응. 살도 좀 붙은 것 같네."

밭을 갈다 인산이 돌아보며 대답했다.

"얘가 자기 밥 챙겨 준다고 우리를 부모로 생각하여 따라 다니는 것 같아요."

두꺼비는 그들의 말을 듣기라도 하는 듯 그들이 이야기 할 때면 가만히 앉아 있었고 자기 이야기를 하면 낮게 팔짝 뛰기도 했다. 그것이 희한하기도 하고 귀여워서 영옥과 인산은 자식이라도 된 듯 두꺼비에게 날마다 정을 쏟았다.

"참 희한해요. 처음에는 비명 지르고 그렇게나 징그러웠는데 지금은 없으면 허전할 것 같아요."

"하하. 나는 내 친구를 똑 닮아서 정이 가던데?"

"뭐가 그렇게 닮았는데요?"

"눈도 닮았고 앉아 있는 모습도 딱 두꺼비였어. 무엇을 하던 저런 모양으로 앉아서 고개를 쑥 빼고 사람을 쳐다봤지."

인산이 씁쓸하게 웃었다.

"정말 그 두꺼비라는 분이 이렇게 생겼었어요?"

"그럼. 그러니 별명이 두꺼비지 뭐야? 하하."

인산이 두꺼비를 가만히 바라보며 웃었다.

"그럼 당신 별명은 무엇이었어요?"

"귀신. 미친놈."

"예? 그런 게 어찌 별명이에요? 그건 욕하는 소리예요. 아니지요? 그거 아니지요?"

영옥이 인산에게 얼굴을 바짝 대며 물었다.

"하하하."

인산이 다시 웃었다.

"저도 아이를 낳고 싶어요. 그런데 왜 안 생기지요?"

"우리 둘 다 건강한데 아이가 안 생길 수 있나."

인산이 웃었다. 하지만 영옥은 웃지 않았다.

"영옥아 좀 웃어라. 생판 모르는 아낙들도 아이 갖게 고치는데 내가 사랑하는 아내 아이 하나 못 갖게 할까 그러냐."

"그건 그렇지만……"

영옥의 불안한 마음은 날이 갈수록 커졌다. 하지만 인산이 보기에 영옥은 단지 몸이 약할 뿐이지 아이를 못 갖는 몸은 아니었다.

영옥의 염려와는 다르게 얼마 후 그들은 아이를 갖게 되었다. 영옥은 두꺼비 덕분이라고 생각하고 더욱 두꺼비를 귀여워했다.

인산은 영옥이 아이를 갖자 밭에 나오지 말라 했다. 하지만 영옥은 바람이라도 쐬고 싶다며 인산의 뒤를 따랐고 그 뒤로는 두꺼비가 따라왔다.

"아, 저 나무 참 멋있게 생겼어요. 저기에 그네 달았으면 좋겠네."

영옥이 가다 말고 나무 한 그루를 바라보았다. 인산이 영옥의 시선을 따라 나무를 바라보았다. 하늘 높이 가지를 뻗고 있는 것이 마치 장군이 전장에 나가며 호령이라도 하는 모습이다.

"그래, 그 나무 참 잘 생겼다."

나무는 그 말을 알아들었기라도 했는지 나뭇잎을 출렁출렁 흔들어댔다.

"나 그네 달아주면 안돼요?"

영옥이 종종걸음으로 따라오며 물었다. 인산은 우뚝 서서 영옥을 바라보았다. 영옥은 어려서부터 그네를 제법 잘 뛰었다. 하늘거리는 치마를 입고 높다랗게 뛰어 오를 때면 들꽃이 바람에 날려 나풀거리는 것처럼 보였다. 인산은 그 기억을 더듬으며 잠시 웃었지만 영옥에게는 고개를 저었다.

"그렇게 아이를 갖고 싶어 했으면 조심할 줄도 알아야 해."

"뛰지는 않을게요. 그냥 여기에 그네 만들어 주면 거기 앉아서 당신 일하는 모습도 보고……. 만들어주세요."

영옥이 인산의 팔을 잡아 세웠다. 인산은 그 모습이 여전히 어린 아이 같아서 웃음을 터뜨리고 말았다.

그 날은 밭일을 미루고 그네부터 만들기 시작했다. 영옥은 인산이 나무를 자르고 못을 박고 밧줄을 동여 맬 때도 졸졸 따라다니며 구경을 했다. 의자를 만들어 놓으니 그 위에 두꺼비가 풀쩍 올라 앉아 깨깨 소리를 내었다. 영옥이 웃었다. 그네는 금세 만들어졌다. 워낙에 솜씨가 좋은지라 등까지 받칠 수 있는 그네를 달아주자 영옥은 박수를 치며 좋아했다.

"나는 등을 반쳐준다기에 만들어 놓은 함지박이라도 달아주는 줄 알았어요."

"하하하. 내 그 생각을 못 했네."

두꺼비는 그들이 웃자 혀를 날름거리며 눈알을 닦고 깨깨 소리 내었다.

그렇게 며칠이 지나서였다. 영옥은 인산이 만들어 준 그네에 앉아 하늘을 바라보고 있었고 인산은 여전히 밭에 유황을 흩치고 있었다. 멀리서 시냇물이 흐르는 소리가 들렸고 수풀들이 바람에 흔들려 우쉬쉬쉬하는 소리를 내고 있었다.

"꺄악!"

영옥이 별안간 비명을 질렀다. 인산은 놀라 돌아보았다. 영옥은 그네 위에 올라서서 발을 동동 구르고 바닥을 쳐다보고 있었다. 인산이 서둘러 영옥에게 달려갔다.

"능구렁이예요! 두꺼비! 우리 두꺼비!"

바닥에는 울긋불긋한 능구렁이가 두꺼비를 노려보며 혀를 날름거렸다. 두꺼비는 능구렁이 앞에서 돌처럼 움직이지 않았다. 뱀과 싸워 이기는 두꺼비임에도 이 두꺼비는 어딘지 이상했다. 그 짧은 생각을 하는 동안 구렁이는 두꺼비에게 입을 벌렸다. 보통의 구렁이는 한 입에 삼키건만 이 구렁이는 이상하게도 두꺼비의 머리에 이빨을 꽂아 씹어 먹듯 삼켰다.

영옥은 다시 비명을 질러대며 울어버렸고 인산은 그 장면에 오랜 친구 두꺼비의 모습이 떠올랐다.

총칼을 눈앞에 댄 일본군 앞에서 무기력하게 죽어간 친구 두꺼비. 인산은 단지 그들의 밥알을 얻어먹고 깨깨 소리를 내던 두꺼비뿐이 아닌 사랑하는 친구를 두 번 잃는 느낌에 고함을 지르며 곡괭이를 높이 들어 구렁이의 대가리를 깨버렸다. 영옥은 그 끔찍한 광경에 얼굴을 돌렸다. 구렁이는 몸부림을 쳤다. 인산은 불현듯 치솟는 적개심을 이기지 못해 수십 차례 내리쳤다. 그 때마다 징그러운 그 기다란 몸뚱이는 꿈틀꿈틀 꼬아댔다. 대가리는 감자 으깨 놓은 것처럼 형태를 알아 볼 수도 없게 피범벅이 되어 흙과 섞여 버렸는데도 인산은 죽어버린 구렁이의 머리를 계속 내리치기만 했다. 인산의 눈에는 눈물이 그렁그렁 맺혀졌다. 인산은 그저 어느 날부터 키우던 두꺼비를 잡아먹은 보통의 구렁이를 죽이는 것이 아니었다.

그는 이십년 전 그의 친구 두꺼비를 죽인 일본군을 죽이는 것이었다.

-내가 그놈들을 이렇게 죽였어야 했다. 현구 형님이 말렸어도 그 총을 빼앗아 그 누런 군복을 입은 왜놈들의 머리통을 이렇게 깨어 부셔버렸어야 했다. 불쌍한 내 친구 두껍아. 얼마나 아팠냐. 얼마나 내가 원망스러웠냐. 두껍아. 그런데 내가 지금도 너를 살리지 못했다. 또다시 이렇게 보내버리고 말았다. 또 이렇게.

"두껍아! 두껍아!"

인산이 곡괭이를 집어던지고 바닥에 꿇어앉아 어린아이처럼 울어버렸다. 영옥도 눈을 질끈 감고 울었다. 두 사람의 울음소리는 그렇게 오래도록 계속 되었다. 한참이 지나도 인산은 구렁이에게 등을 돌리고 초점 없는 시선으로 일구어 놓은 밭만 바라보았다. 그런 인산을 바라보며 영옥은 조심스레 그네에서 내려 인산의 옆에 와 앉았다. 영옥은 그제야 인산이 왜 구렁이를 그리 심하게 때려 죽였는지 알았다. 그가 두껍아 하고 외친 것은 밥알을 먹여 키운 두꺼비뿐만 아니라 그의 친구 두꺼비를 목 놓아 부른 것임을 그녀는 한참 있다가 깨달은 것이다.

그녀는 인산의 굵은 손마디를 가만히 잡았다. 그는 움찔거렸다. 그러나 시선은 계속 밭에 두고 영옥을 바라보지 않았다. 영옥은 그의 슬픈 옆모습을 바라보며 속닥거리듯 말했다.

"당신 잘못이 아니잖아요. 그 시절로 다시 돌아간다 하더라도 그건 그분의 운명이고 당신의 잘못이 아니라는 걸 보여주려고 이런 일이 생긴 것인지도 몰라요. 그런 죄책감에서 벗어나라고 두꺼비가 우리한테 왔나 봐요."

인산은 영옥의 말에 멍한 시선으로 고개를 가만히 끄덕였다.

-그래, 생각해 보니 희한하다. 도망가지도 않고 사람을 잘 따르고 또 구렁이에게 독을 품고 죽일 수도 있었지만 힘없는 개구리처럼 그냥 그대로 가버리다니. 두껍아. 정말 그 때로 돌아간다 하더라도 나는 너를 살리지 못했을까. 그러니까 너는 여전히 그 차가운 바닥에 누워있어야 할까.

"이제 그만 벗어나세요. 그래야 그분도 지금이라도 마음 편하게 떠날 수 있을 거예요. 예?"

"그렇게만 된다면 무슨 짓이라도 할 수 있을 것 같아."

"그러니까 마음 편하게 잘 가라고 손을 흔들어 줘야지요. 예?"

영옥의 목소리는 다시 바람에 섞여 허공에 흩어졌다. 한참의 적막이 흐를 때 인산은 가만히 고개를 끄덕이며 눈을 감았다.

"그래 그래야겠지."

갑자기 따듯한 바람이 불어왔다. 바람은 인산의 눈가에 아직 맺혀 있는 눈물을 거두어 날아가 버렸다.

-고맙다, 운룡아. 내 친구. 이제 그만 괴로워해라. 나는 이제 편하게 갈 수 있다.

인산의 감은 눈에서는 뜨거운 눈물이 흘렀다.

"헉."

새벽녘에 인산이 눈을 번쩍 떴다. 온몸은 흥건하게 땀에 젖어 있었다. 그는 이마에 맺힌 땀을 쓸어내리며 곤하게 잠들어 있는 아내를 바라보았다.

-별일 있을라고. 그래, 그냥 내 기분일거야. 그럴 거야.

그는 자리에서 일어나 벽에 등을 기대었다. 그는 능구렁이를 죽인 이후로 가끔 능구렁이가 아내의 발목을 무는 꿈을 꾸었다. 그러면 아내가 비명을 지르는 것이 아니라 태속의 아이가 자지러지듯 울어대는 꿈이었다. 그러다가 아이가 뱀처럼 입을 크게 벌리는데 입 모양이며 내장까지 한눈에 들여다보이는 끔찍한 꿈이었다.

그는 그런 꿈을 꿀 때마다 어김없이 눈을 떴고 또 하루 종일 그 꿈 때문에 심기가 불편했다. 이제 곧 아이가 태어날 때가 다가오는데 그 꿈은 조금 더 자주, 점점 더 구체적인 그림으로, 그의 눈앞을 덮쳤다. 인산은 그 꿈을 대수롭지 않게 여길 수만은 없었다. 태아가 발길질을 할 때마다 함박웃음을 웃는 아내와는 달리 그는 어찌된 게 아직 나오지도 않은 아이에게 유난히 정이 가지가 않았다. 첫아이임에도 불구하고 그는 어쩐지 그 아이가 싫어지기까지 했다. 그런 생각이 날 때마다 그는 고개를 흔들고 아내에게 미안한 생각까지 들었지만 불현듯 꿈과 겹쳐 올라올 때마다 난감해서 서둘러 집을 나간 적이 한 두 번이 아니었다.

그는 여느 때보다 일찍 자리에서 일어났다. 꿈 때문이기도 했지만 오늘은 부산에서 환자를 봐달라는 연락이 와서 일찌감치 떠나야했기 때문이다. 인산이 부스럭거리며 갈 채비를 할 때 아내가 눈을 떴다.

"아직 새벽인데 벌써 가시려고요?"

아내가 힘겨운 듯 자리에서 일어났다.

"일없다. 자고 있거라."

"이번에 가시면 언제 오시나요? 이제 곧 아기가 태어날 텐데."

"응, 아이가 태어나기 전에는 와야지. 길어야 일주일이야."

"아이가 세상 나오기 전에 올라오세요. 아셨지요?"

"알았다. 누워라."

영옥은 불안한 시선으로 인산의 뒷모습을 쫓았지만 인산은 약속대로 일주일이 안 되어 돌아왔고 얼마 후 그녀는 귀여운 딸아이를 낳았다. 소식을 듣고 달려온 인산의 부친 김경삼은 유독 손녀딸을 예뻐해 주었으나 인산은 딸아이를 보자마자 기겁을 하였다. 안아보라는 주변인들의 권유에도 불구하고 그는 아이를 보자마자 방을 나가버렸다. 아내는 그런 인산이 야속해서 울음을 터뜨렸고 인산은 방문을 나가자마자 주저앉아 가슴을 눌렀다.

-구렁이의 화신이다. 이런 말을 하면 분명 내가 미쳤다고 할 테지만 그 아이는 구렁이의 화신이다. 어찌 이런 일이 생겼단 말인가. 어찌하여.

그는 충격에 두 눈을 껌뻑이며 하늘을 바라보았다.

-분명 내 잘못이다. 구렁이가 왜놈은 아니었을 텐데. 미물도 그리 잔인하게 죽여서는 안 되는 것이었는데. 하지만 그때는 나도 어쩔 수가 없었다. 증오심에 제 정신이 아니었으니까.

그는 얼굴을 감쌌다.

-할아바이. 이 일을 어쩌면 좋소. 첫 아인데 그대로 잃게 생겼소.

내가 미친 겁니까. 내가. 왜 나는 이렇게 이상한 꼴로 살게 되었습니까. 왜요. 왜.
 아이가 태어난 후 인산은 거의 집에 붙어 있는 날 없이 환자들을 돌보는 데만 더욱 몰두하였다. 그의 부친은 그런 그가 못마땅했으나 아내 영옥은 내색하지 않고 그저 잘 다녀오라는 말만 반복적으로 할 뿐이었다.

 그러던 어느 날이었다. 한의원 문짝이 부수어져라 두들기는 소리에 그들은 일제히 돌아보았다.
 "누구요?"
 "전보요, 전보! 김일훈씨 앞으로 온 전보요!"
 인산이 그 말에 자리에서 일어났다. 전보는 서울에서 온 것이었다. 딸아이가 아프니 급히 와달라는 이야기였다. 그 내용에 이문도는 사색이 되어 인산의 안색을 살폈다.

 "이보게. 여기는 우리한테 맡겨놓고 어서 가보게나."
 그러나 인산은 고개를 흔들었다. 그 모습에 동료 의원들이 의아한 표정으로 인산을 바라보았다.
 "그게 무슨 뜻인가?"
 "소용없다. 이 아이는 살 수가 없어."
 "무슨 병인데 그런가. 자네가 살리지 못하는 사람도 있단 말인가? 게다가 자네의 혈육인데?"
 "그러게 말일세. 그럴 리가 없네. 어서 가보게. 응?"

그러나 인산은 다시 자리에 앉아 환자들의 진맥을 잡았다.

"이 사람! 대체 왜 이러나. 설령 가망이 없다 하여도 아이의 옆에 있어 줘야 하지 않겠냔 말일세. 어서 일어나게."

이문도가 인산의 팔을 잡자 그는 신경질적으로 팔을 휘둘러 빼었다.

"그 아이는 살 수가 없어! 내장이 뱀처럼 일자란 말일세. 뱀의 내장처럼 일자로 죽 뻗어 있어 누구라도 살릴 수 없단 말이야!"

순간 모두가 입을 다물고 멍한 시선으로 인산을 바라보았다. 이문도는 그의 옆에 주저앉다시피 앉았다.

"그래. 그래서 그 아이가 그리 소화도 못시키고 내내 장이 아파 고생을 했단 말인가? 어떻게 그런 일이."

이문도는 눈물을 글썽거리며 인산의 손을 잡았다. 하지만 인산은 미동의 표정 변화도 없이 숨만 몰아 쉴 뿐이었다.

"문도야. 세상에는 사람이 이해하지 못 할 일들이 허다하네. 과학적으로 해명하기 어려운 일들이 참으로 많다는 말이야. 그러니 아무 것도 물어보지 말게. 아무 것도."

■   ■   ■

"조만간 전쟁이 날 것이오. 그러니 아저씨도 우리와 함께 갑시다."
"뭐? 그게 진짜니? 응?"

안 씨가 인산의 얼굴 앞에 코를 바싹대고 반문했다.

"그렇소."

"아니, 미국이 있는데 어떻게 전쟁이 날 수가 있냔 말이다. 응?"

"아무튼 잠자코 우리랑 부산으로 갑시다. 이젠 사람들에게 설득하는 것도 힘에 부치오. 남을 사람들은 남고 나와 함께 움직일 사람은 움직이자는 말이오."

"너 부산에 왔다갔다 하다 보니 거기에 정 들어서 하는 말 아니지?"

"아니오."

인산의 단호한 대답에 안 씨는 입을 다물었다. 이미 이문도와 대구의 김 의원은 인산의 말에 따라 부산에 한의원을 세웠다.

"그럼 전쟁이 나도 부산이 낫다는 거야? 부산은 괜찮아?"

"전쟁이 여름에 나면 남한이 유리하고 겨울에 나면 북한이 유리하오. 남한은 주역으로 보면 여름에 강한 기운이고 북은 겨울이오. 비록 겨울에 북이 남한을 밀고 내려온다 해도 여름이 되면 다시 남한이 유리하오. 부산은 말 할 것도 없이 안전하니 내 말대로 하시오."

"그럼 가을에 나면 비기냐? 봄은?"

그러나 인산은 아무 말도 안하고 가벼운 웃음만 지었다. 안 씨는 인산의 말에 슬금슬금 집으로 돌아가 아내 앞에 앉았다.

"이봐, 마누라. 내가 좋은 시절 타향살이에 떠돌아다닌 거 깊이 반성하고 있는 거 알지?" 그의 아내는 말없이 웃기만 했다.

"또 어딜 가실 생각이오?"

"이번엔 당신하고 같이 갈 테야. 우리 부산으로 갑시다."

"부산이오? 부산이라면 맨 끝이 아니오?"

"응. 일훈이 말을 들어야 할 것 같아."

"아, 그분이 그리 하자 하면 그럽시다."

안 씨는 코에 김이 올라왔다.

"아니, 대체 그놈은 뭐하는 놈이기에 남의 마누라까지 말을 잘 듣게 만든 거야?"

아내는 다시 웃었다.

"……내가 이번에는 진짜 호강시켜줄게. 응?"

"고맙소."

아내는 다시 바느질을 하며 가만히 웃었다.

■　　　■　　　■

"호외요! 호외!"

소년들이 옆구리에 신문을 끼고 온 사방으로 뛰어다녔다. 전쟁이 난 것이다.

그들이 그 소식을 받은 것은 정오가 한참 넘어서였다. 한의원에서 환자들을 돌보고 있던 인산의 동료들은 서로를 바라보았다. 안 씨는 숨이 넘어가는 표정으로 인산을 바라보았고 인산 역시 올 것이 왔다는 듯 아무 말도 하지 않았다.

사람들은 북에서 남으로 또 다시 남으로 피난길에 올랐다. 수많은 군인들이 죽음을 당하고 유엔이 창설되어 연합군들이 한국으로 몰려왔다. 전쟁은 그렇게 계속 되었다. 그 사이 부산에 아무런 연고지도 없는 피난민들은 마당을 내어주고 부엌을 내어주며 더부살이에 들어갔다.

인산은 그의 동료들과 한의원에서 일을 했지만 주로 돈이 없어 변변한 치료조차 받지 못하는 사람들과 함께 약재상을 다니며 약재를 구입해 주었다.
　"애, 일훈아. 너 그러다가 쪽박 찬다. 사람 공짜로 살려줘, 돈 없으면 니 주머니 털어줘, 너도 없으면 외상이라도 해서 갖다 줘. 그럼 어떡하니?"
　안 씨가 물었다.
　"내가 사람을 고친 대가로 돈을 받아야 한다면 아주바이도 뽑어 내야 하오."
　그가 안 씨를 힐끔 쳐다보았다. 안 씨는 눈을 질끈 감고 고개를 끄덕끄덕했다.
　"아니, 뭐 그건 아주 참 훌륭한 일을 하고 있다는 말이지."
　복잡한 국제시장 안은 전쟁 중인 것을 잊게 해주었다. 가격을 흥정하는 사람들과 손을 저어대고 멀어지는 손님을 잡아당기고 물건을 쥐어주는 사람들 모습. 펄떡 뛰는 생선을 잡으며 싸게 판다는 아낙의 구수한 사투리. 살아가는 모습이었다. 인산은 그러한 모습에 가슴이 찡해지는 것을 느꼈다.
　그들이 마을로 접어 들 때였다. 동네 사람들이 수군거리며 삼삼오오 모여 한 곳을 바라보고 있었다. 안 씨는 그것이 무척이나 궁금하였지만 인산은 벌써 저만치 멀어져 가고 있었다.
　"무슨 일인가 궁금해 죽겠네."
　"부부싸움이라도 하는 모양이오."
　"쯧쯧. 전쟁 통에 부부싸움까지……. 야, 우리 탁배기나 하나 사가자."

안 씨가 구멍가게로 들어갔다.

"탁배기 하나 주시오."

그러나 가게 주인은 소란이 난 곳에 정신이 팔려있었다. 안 씨는 성큼 다가가 주인아주머니 귀에 소리쳤다.

"탁배기!"

"하이고야, 놀래라. 간 떨어지는 줄 알았다."

주인이 가슴을 쓸어내리자 안 씨는 다시 밖을 쳐다보았다.

"뭔 일이오?"

"말 마소. 저거 아주마이가 서울서 피난 온 아주마인데 얼라들을 으찌나 두들겨 팼는지 말도 못하요."

그녀가 손 사레를 치며 탁배기를 건네줬다.

"곱게 생겨가꼬 우에 저레 우악스러운지……. 음청스럽다."

인산은 주인의 말을 뒤로하고 그 여인을 쳐다보았다. 두 아이 중 하나는 빗자루에 매질을 당해 엎어져 울고 있었고 한 아이는 뺨을 맞고 있었다.

"저러다 아이 잡겠네. 쯧쯧."

인산이 중얼거릴 때 여인의 남편으로 보이는 사람이 허겁지겁 달려와 그녀의 손목을 낚아챘다.

"놔!"

헝클어진 머리를 미친 듯이 흔들며 여자는 바닥에 주저앉았다. 안 씨가 구경이라도 할 태세로 움직일 때 인산이 돌아섰다.

"갑시다. 남 가정사에 괜히 끼어들지 말고."

"그냥 가자고?"

"빨리 돌아가서 약재를 지어줘야 하오. 구경하려거든 실컷 하다 오시오."

그러나 안 씨는 인산의 뒤를 허겁지겁 따라갔다.

인산이 한의원에 오자 마루에서 노인을 부축하고 있던 청년이 벌떡 일어났다.

"선생님요, 만날 이리 신세를 져서 참말로 면목이 없심니더. 난중에 꼭 갚겠심니더."

"쓸데 없는 말 하지 말고 기다려."

인산은 약제실로 들어가며 손을 저어댔다. 청년은 다시 노인의 손을 잡고 그를 바라보았다. 허름한 저고리에 낡은 고무신을 보니 콧등이 시큰해졌다. 며칠 전만해도 그는 근사한 양복을 가지고 있었다. 그런데 그 옷을 팔아버렸다. 청년의 아버지에게 필요한 우황을 사기 위해서였다. 유독 이 청년 뿐에게만 아니었다. 사람들이 좋은 의원들을 만난 덕에 거저 처방을 받았다 해도 약재를 사려면 돈이 필요했다. 아무리 사람 좋은 의원이라 해도 어쩔 수 없는 것이었다. 인산은 그러한 현실이 안타까웠다.

얼마 후 인산은 약재를 들고 나와 청년에게 건네주었다. 청년은 그것을 받아 들고 땅에 이마가 닿도록 절을 했다.

"부모한테 효도 하면 하늘도 감동을 받아 병 낫게 해준다. 어서 가서 지어 올려. 그리고 매일매일 침놓으러 갈 테니 염려마라."

"고맙심니더, 억수로 고맙심니더."

전쟁은 계속 되었다. 연합군이 온다하여 빨리 끝날 줄 알았던 전쟁은 가을이 되고 겨울로 접어들 때까지도 끝나지 않았다.

추위에 배고픔에 사람들은 지쳐갔다. 그나마 따뜻한 곳이라 부산은 그럭저럭 견딜 만했다.

인산은 몇날 며칠을 밤새워 환자를 돌본 탓에 몹시 지쳐 있었다.

"이봐. 좀 눈 좀 붙이라니까. 이제는 한 숨 돌려도 된다잖아."

이문도가 팔짱을 낀 채 눈을 감고 있는 인산에게 말했다.

"지금도 편하다. 염려 마라."

"고집은 하여간……."

이문도가 고개를 저어대며 책장을 넘겼다. 김 의원이 이문도를 쳐다보았다.

"요 앞에 병원이 생긴다 하더라. 군의관도 온다는데."

"그럼 좀 낫겠네."

이문도가 중얼거렸다. 인산이 이문도를 쳐다봤다.

"페니실린 위주로 치료할 게 뻔한데 낫긴 뭐가 나을까. 처음에는 그게 잘 듣나 해도 내성이 강해져서 아주 곱에 곱은 써도 될까 말까 할 거다."

"맞고 마. 퍼뜩 낫는다고 능사는 아닌데 그래도 우짤 수 있나. 환자는 많고 일단은 살리고 봐야카니 별 수 없다."

김 의원은 씁쓸하게 한 숨을 내쉬었다.

그 때 마당에서 작은 소란이 일어났다. 한 아낙은 들어오지 않겠다고 발버둥을 치자 그녀를 끌고 들어온 아낙도 고함쳤다.

"싫소! 차라리 죽고 말겠소!"

의원들은 밖에서 나는 소리에 서로를 바라보더니 이내 너나 할 것 없이 자리에서 일어났다. 마당에는 삼십 대 여성이 손목을 비틀어 빼며 도망갈 태세로 있었고 그보다 서너 살 많은 여성은 바닥에 주저앉다 시피 그녀를 붙잡고 있었다.

"무슨 일이오?"

이문도가 다가갔다. 그러자 손목을 잡힌 아낙은 고개를 숙이며 몸을 비틀었다.

"이 아이 좀 봐주시오. 제 몸 썩어 들어가는데 저리 고집을 피우고 있지 뭡니까."

"싫소……. 그러지 마시오……."

여자는 울먹거리며 기어들어가는 소리를 냈다. 인산은 익숙한 평안도 사투리에 마당으로 내려왔다.

"동향 사람 같으니 내가 봐주겠소."

"제발 봐 주시오. 아주 고집을 부리는 통에 아주 죽겠소."

"이디기 아픈데 그리 고집을 피우는 게요?"

인산이 가까이 다가가자 여인은 고개를 번쩍 들었다. 익숙한 목소리다. 여인은 인산과 눈이 마주치자 별안간 온 몸에 힘이 빠져 주저앉아 버렸다.

"……운룡 오라바이."

"아는 분이냐?"

그녀를 끌고 온 아낙이 물었다.

"다례야. 다례구나."

인산 역시 놀란 눈으로 그녀를 바라보았다.

"아는 분이냐?"

이번에는 이문도가 인산에게 물었다.

"그래……. 내 오래 전부터 알고 지내던 동생아이다."

그러나 다례는 대문을 박차고 뛰어나갔다.

"다례야! 다례야! 아이고 저걸!"

아낙이 다례를 뒤따라 나가기도 전에 인산이 따라 나갔다.

"다례야!"

인산이 부르는 소리에 다례는 숨이 넘어가도록 도망을 쳤다. 그녀의 커다란 눈망울에는 눈물이 그렁그렁 맺혔다. 자꾸만 눈물이 나왔다.

한치 앞도 볼 수 없을 만큼의 눈물덩이가 계속 쏟아져 나올 때 인산이 다례의 팔을 잡았다.

"다례야! 왜 그러냐, 응?"

다례는 그대로 주저앉아 울음을 터뜨렸다. 그들 뒤로는 이문도와 다례를 데리고 온 여인이 숨을 몰아쉬고 서있었다.

"왜 그리 도망을 가냐, 응?"

"……죽고 싶소."

"어허!"

인산이 별안간 매서운 눈으로 다례를 바라보았다. 그 사이 여인과 이문도는 다례를 부축해서 일으켰다.

"가자. 네가 분명 몸이 아파 온 것이니 그냥은 못 돌려보낸다."

"싫소! 싫소!"

다례는 다시 몸부림을 치며 울음을 터뜨렸다. 인산은 다례가 왜 이렇게 몸부림을 치는지 알 수 있었다. 그녀는 자궁에 병이 걸린 것이다. 그 자체만으로도 커다란 수치감이 있을 터인데 게다가 인산이 그것을 알아버렸다. 그 사실은 또 다른 수치감으로 다례를 짓눌러버렸다.

울면서 끌려오다 시피 한 다례는 작은 사랑채에 앉아 어깨를 들먹였다. 그 옆에는 그녀가 위안부에 있었을 당시 언니라고 부른 홍이가 다례의 어깨를 다독이고 있었다. 인산은 급한 대로 당장에 먹일 탕약을 만들고 있었다. 매캐한 향이 우러나오자 인산은 팔꿈치로 눈가를 눌렀다.

"다례야. 저 분이 네가 말했던 그 분이니?"

홍이가 가만히 입을 열었다. 다례는 허공을 바라 볼 뿐 아무런 말도 하지 않았다.

"참 부럽다. 너는 그런 사랑을 해 보았구나. 사랑도 받았고 사랑도 해 보았고. 나는 그게 가장 부럽다. 이렇게 된 내 인생 원래대로 비꿔 주는 것을 원하냐, 아니면 원 없이 사랑하고 사랑 받는 것을 원하냐, 하면 난 사랑을 택할 것이야."

홍이는 중얼거리며 땀에 젖은 다례의 잔머리를 넘겼다.

"그러니 내 좁은 소견으로는 네가 그리 험난한 인생만 겪은 것은 아니라고 말하고 싶다. 응?"

"하지만 언니. 나는 저분께 큰 죄를 짓고 말았소."

"그게 무슨 소리냐."

"알지 않소. 죄를 지었잖소."

홍이는 침묵을 지켰다.

다례에게 들은 〈그 사람〉은 독립운동을 하는 사람으로 죽은 사람의 숨통도 열어주는 의술을 지닌 사람이라 했다.

다례가 탈출하여 다시 잡혀 들어온 날. 다카시라는 장교가 그녀를 직접 심문한다 하여 부대가 술렁였다. 모진 고문에 죽음을 당했던 여느 처녀들과 달리 어찌된 게 그날부터 다례는 다카시 장교의 숙소로 거처를 옮겼다. 그가 다례를 사랑하게 된 것이다.

그럼에도 다례는 그의 방 모퉁이에 다리를 감싸 안고 겁먹은 눈으로 바닥만 바라보고 있었다. 그러나 다카시는 여느 군인처럼 그녀에게 함부로 대하지 않았다. 마치 누이를 돌보는 오빠처럼 그녀를 대했다. 방도 다례에게 내어주고 자신은 차에서 잠을 청했다. 다례는 그런 그에게 어느 날부터 마음의 문이 열렸다.

다카시는 전투가 없는 날이면 다례를 차에 태워 바람을 쐬러 나갔다. 한마디 말도 안하던 다례가 처음으로 웃는 모습을 보고 다카시는 행복했다. 그녀에게 양산도 사주고, 옷도 사주고, 머리핀도 사주던 다카시가 어느 날 다례의 손을 잡고 말했다.

"이번 전투가 끝나면 곧장 식을 올릴 테니 기다리고 있어라. 식을 올리고 나면 일본으로 가자."

다례는 고민에 빠졌다. 하지만 깊이 생각할 것은 없다. 이곳에서 벗어나는 길이 오직 그것이라면 그렇게 해야 한다 마음먹었다. 그러나 전투에 나간 다카시는 전사했고 다례는 다시 남겨졌다.

"오라바이의 원수를 마음에 두었으니 그게 죄가 아니고 무엇이오"

다례가 얼굴을 감싸 안고 다시 울음을 터뜨리자 홍이도 손끝으로 눈물을 닦았다.

그 때 방문이 벌컥 열리며 안 씨가 뛰어 들어왔다.

"아이고! 다례야! 다례야!"

"……아주바이."

"아이고! 살아있었구나! 아이고! 아이고!"

안 씨는 다례를 덥석 안고 울음을 터뜨렸다.

"어디보자! 아이고! 다례야!"

안 씨는 다례가 울음을 터뜨리자 거친 손바닥으로 다례의 눈물을 닦아 주었다.

"아이고, 그 예쁜 아이가 이렇게 파리해지고 세상 썩었다! 썩었어!"

안 씨는 다시 다례를 안고 통곡을 했다.

"그래, 어디가 그리 아픈 거냐? 응?"

다례는 아무 말도 하지 않고 손끝만 만지작거렸다.

"걱정마라. 내가 폐암 걸려 죽을 무렵에 운룡이가 살려놨어. 그러니 염려마라. 저놈이 보통 놈이냐? 응? 내가 먹을 것이라도 챙겨 올 테니 쉬고 있어라."

안 씨는 다시 허둥지둥 방을 나섰다. 그 모습에 홍이는 씁쓸한 미소를 띠우며 다례를 바라보았다.

"다례야. 비록 그 원수 같은 남편으로 네 인생 이리 되었지만 너는 참으로 사랑을 많이 받은 아이다."

"그러면 무엇 하오. 내 사랑은 이루어진 것이 하나 없소."

다례는 발갛게 된 코를 훌쩍거리며 다시 손끝을 바라보았다.

"나한테 있어서는 이루어지고 말고는 아무것도 아니다. 그런 감정

자체가 너무나도 부럽다. 사랑도 못해본 내 인생이 너무나 서럽다."
홍이가 눈물을 글썽거렸다.
"미안하오……."

■　　　■　　　■

"저 아이는 분명히 내가 몸을 보자 하면 도망칠 것이다. 그건 내가 아닌 자네들도 마찬가질 거야."
"그럼 어찌 해야 하나."
"자궁에 있는 염증을 빼내야 하는데 모공을 이용한 치료법이 있네."
그의 동료들은 인산을 바라보았다.
"그건 또 뭔가."
"솔잎을 이용하는 거야."
"흐미, 그걸 막 쑤시는 거야? 응?"
옆에 있던 안 씨가 물었다.
"아니오. 부산은 왜놈들이 장악을 한지라 황토집을 찾기 힘이 들긴 해도 어디엔가 분명 있을 거다. 그러니 그곳에 솔잎을 따서 요처럼 깔고 훈기를 주는 거야. 찜질을 하는 거지. 황토의 성분과 솔잎의 독성으로 그걸 땀구멍으로 내모는 거야."
"가능할까?"
"가능하다. 그리고 마지막에 뜸을 놓으면 그 뿌리까지 쑥 뽑아져 나올 거이다."

"해뿔자. 내는 니를 따를꾸마."
김 의원이 고개를 끄덕였다.
"그래, 해보세."
이문도는 고개를 끄덕였다.

"아이고 죽겠다. 대체 얼마를 더 따야 하는 거야? 이 손 봐라. 아주 진이 묻어 꼭 코딱지 붙은 것처럼 됐어."
안 씨가 쌀가마니 한 가득 솔잎을 짊어지고 털썩 주저앉았다.
"그냥 솔잎이면 되는데 왜 동쪽만 보구 있는 가지를 고집하냐? 엉?"
"그게 좋으니 그러지요. 힘들면 거기서 좀 쉬시오. 난 계속 딸 테니."
인산은 이문도와 계속 걸어 나갔다.
"에라이!"
안 씨는 다시 자리에서 일어났다.
"그런데 인산!"
"응."
"난 이 원리가 궁금하다."
"솔잎으로 땀을 내면 증발하는 기운이 있고 또 송진의 기운이 모공으로 들어가서 몸 깊숙이 들어간단 말이야. 그럼 송진이 뭐에 좋으냐. 그건 힘줄하고 뼈를 강하게 만들고 또 기생충 병균을 죽이고 썩은 살도 없애 준단 말이야. 그러니 고게 빠져 나올 때 보를 해주면 새 살이 나온단 말이다."
"그건 언제 해 보았니?"
"묘향산에서 해봤지. 우리 처가 몸이 아프다고 하면 그렇게 했지."

"아……."
"야, 그거 그렇게 좋으면 나도 해다오."
"그러니 아주바이 몫을 지고 가는 게 아니오."
"그러냐? 헤헤헤. 그 말을 들으니 한결 가볍다."
안 씨가 반대편으로 짊어지며 웃었다.

"몸은 좀 어떠시오? 내가 좋은 황토집을 찾아냈으니 아이 아버지가 올 때까지 조금만 더 기다리시오."
영옥이 다례의 방에 들어와 그녀의 손을 잡았다. 다례는 그녀의 말은 한귀로 흘러 들으면서 영옥을 가만히 바라보았다.
"좀 마셔 보시오. 이것을 틈틈이 마셔야 한다 했소."
영옥은 인산이 달여 놓은 탕약을 다례의 앞에 내놓았다. 그것을 받아든 다례는 별안간 눈물이 나와 고개를 돌렸다.
-참 곱다. 좋겠소. 운룡 오라바이의 아내가 되어서.
"마음 약하게 먹지 마시오. 우리 아이 아버지는 많은 사람을 구했소. 그러니 믿어보시오."
다례는 고개를 끄덕끄덕했다.
"마시세요."
영옥이 탕약을 앞에 밀었다. 다례는 천천히 마셨다.
"이제 좀 누워계시오. 내 조금 후에 점심을 준비할 테니."
"아니오. 나는 바람을 쐬고 싶으니 내 걱정은 마시오."
"어딜 가려 하는데요? 같이 갈까요?"
"아니오. 내 딱 한 시간만 다닐 테니 염려 놓으시오."

다례의 말에 영옥은 잔뜩 수심에 찬 눈빛으로 그녀의 팔을 덥석 잡았다. 그러자 다례는 잠시 웃었다.

"걱정 마시오. 바람이 쐬고 싶을 뿐이오. 듣자하니 온종일 방안에 갇혀 치료를 받아야 한다는데 방안에 누워서 이 날을 후회할 것 같아 그러오. 그러니 염려 놓으시오."

영옥은 다례를 바라보더니 고개를 끄덕였다.

다례는 북적이는 항구를 찾았다. 여기저기 미군들이 검은색 안경을 쓰고 입에는 파이프를 물고 다녔다. 아이들은 그들을 쫓아다니며 손을 내밀었고 그 때마다 그들은 초콜릿이나 껌을 손에 쥐어줬다. 아이들이 까르륵 웃으며 흩어지는 것을 바라보았다.

뿌우 하는 소리가 들려왔다. 커다란 군함이 도착했다. 껌을 나누어 주던 군인들은 한숨에 그리로 달려갔다. 다례는 소란스러운 그곳을 떠나 바닷가로 향했다. 눈을 감자 짠 내음이 올라왔다.

다례는 다카시 장교 옆에서 처음으로 바다를 봤다. 고개를 돌리고 또 돌려도 좌우로 검 푸른색 바다가 펼쳐지는 것이 하도 신기하여 박수를 쳤다. 그런 다례의 모습에 다카시는 다시 행복한 표정을 지었다. 다례는 눈을 떴다. 그리고 다리를 세워들어 고개를 파묻었다.

얼마를 그렇게 있자니 복통이 찾아왔다. 다례는 얼굴을 찡그리며 자리에서 일어났다.

군함에서는 아직도 사람들이 내리고 있었다. 전쟁은 금방 끝날 것 같지 않았다. 다례는 인파 속으로 쓸려갔다.

"박 의사님! 이쪽입니다!"

지프차의 경적이 요란하게 울려댔다. 차 문 바로 앞에는 군의관이 손을 흔들었다.

"이거 너무 정신이 없어서."

"고생 많으셨습니다."

"아, 고국 땅을 밟은 게 몇 년 만인가. 고향은 전쟁이 끝나야 갈 수 있게 되었다니……"

"어서 가시지요. 박 의사님 기다리는 사람들이 너무나 많습니다. 매일매일 환자들이 들끓어요. 전방에서도 부상병들이 날마다 넘쳐 이리로 옵니다."

"그럼 가봅시다."

십 육 년 만에 범현이 돌아왔다.

〈3권에 계속〉